EST-CE AINSI QUE LES FEMMES MEURENT ?

Écrivain français, Didier Decoin est né en 1945 à Boulogne-sur-Mer. Auteur d'une œuvre importante, il a notamment obtenu le prix Goncourt en 1977 pour *John l'Enfer*. Didier Decoin est membre de l'académie Goncourt.

Paru dans Le Livre de Poche :

JÉSUS, LE DIEU QUI RIAIT

DIDIER DECOIN
de l'académie Goncourt

Est-ce ainsi que les femmes meurent ?

ROMAN

GRASSET

ISBN : 978-2-253-12994-3 – 1re publication LGF

Pour Audrey,
Pour Charlotte,
Pour Sophie…

Il n'y a que les dangers de la société tout entière qui troublent le sommeil tranquille du philosophe et qui l'arrachent de son lit. On peut impunément égorger son semblable sous sa fenêtre ; il n'a qu'à mettre ses mains sur ses oreilles pour empêcher la nature qui se révolte en lui de l'identifier avec celui qu'on assassine.

Jean-Jacques ROUSSEAU.

Ce fut [...]
Au petit jour que dans ton cœur
Un dragon plongea son couteau.
Est-ce ainsi que les hommes vivent ?

Louis ARAGON

Quelque part dans Harlem, odeur huileuse des buildings décatis, fragrance des cigares et des parfums au chypre, légumes écrasés sur la chaussée, linge aux balcons, culottes et soutiens-gorge aux bonnets impressionnants, le vent de l'East River plaque des journaux contre le fût des réverbères, contre les bornes d'incendie autour desquelles dansent des gamins débraillés, le soleil et l'eau relaient des arcs-en-ciel entre leurs têtes crépues. Un dépôt-vente de voitures d'occasion s'est installé là, à la place d'un ancien parking. Il a suffi d'accrocher une pancarte, *Bolson & Garnett – Used Cars – All Models with Full Guarantee.* Pour le reste, on n'a touché à rien, on a gardé les hauts grillages qui protègent des vandales, la cabine du gardien est devenue le bureau de vente, les projecteurs suspendus qui se balancent au vent du fleuve font miroiter les carrosseries tout en laissant dans l'ombre les châssis douteux, les pots d'échappement rafistolés, les pneus lisses.

A New York, les vendeurs de voitures d'occasion n'ont pas leur pareil pour jauger les gens. Jauger, pas juger. Un vendeur de voitures ne s'encombre pas de morale. C'est un expert. En moteurs, en carrosseries, en individus. Il se contente donc de coter la capacité financière du client. Dans les années 60, les premiers critères d'évaluation étaient la cravate, pas sa couleur mais la façon dont elle était nouée (le nœud majuscule, repu, suffisant, met le vendeur en confiance ; le nœud en virgule, maigre, étriqué, annonce des négociations âpres et longues pour un résultat le plus souvent incertain) ; la taille des ongles (l'usage d'une lime se voit tout de suite et présage une certaine aisance, un type fauché n'achète pas de limes, un coup de ciseau lui suffit pour rogner ses griffes) ; l'haleine qui ne doit pas sentir la bière (les vendeurs de voitures craignent plus que tout le picoleur dont l'intention n'a jamais été d'acheter une voiture, mais simplement de trouver une banquette arrière confortable pour y cuver sa cuite), ni l'acétone (signe de mauvaise digestion, donc d'alimentation mal gérée, donc de budget à hauts et à bas), ni la banane (une haleine bananée est souvent signe de tristesse, voire de dépression, ça ne s'explique pas mais c'est ainsi).

Horace Garnett savait que, dans le domaine de la voiture d'occasion, on voyait de tout. Depuis le nabab qui s'entichait d'un ancien modèle parce qu'il lui rappelait la grosse Bel Air familiale (le syndrome *Rosebud*) jusqu'au pauvre type qui venait deux fois par jour constater l'avancement de sa déchéance en se mirant dans les pare-chocs obus, les ailes gigantesques et la quantité phénoménale de chromes d'une Cadillac hors d'âge.

Le Noir qui tournait autour de la Corvair n'était ni un nabab ni un paumé.

Environ un mètre soixante-quinze, le front assez grand mais fuyant, les pommettes marquées, un regard d'enfant étonné, les coins de la bouche un peu tombants – par lassitude plutôt que par dédain, pensa Horace –, il se pouvait qu'il fût le client idéal, le type qui sait exactement ce qu'il veut, qui vient de le trouver et qui est prêt à donner tout ce qu'on lui demandera pour partir avec.

— Cette voiture, dit Horace, regardez-la bien : c'est une bête ramassée sur elle-même, un lion prêt à bondir.

Il exagérait un peu, la Corvair avait autant l'air d'une grenouille aplatie que d'un félin en chasse, mais Horace partait du principe qu'un Afro-Américain serait sensible à ce rappel du monde de la savane et des grands fauves – ses racines et sa culture à défaut d'être sa fierté.

— C'est sa couleur qui m'intéresse, dit le Noir.

— D'accord. La couleur. Bien sûr, c'est important. Vous l'auriez peut-être préférée bleue ? Ou rouge ? Il y a possibilité de la faire repeindre. Je peux vous donner l'adresse d'un atelier avec lequel nous travaillons.

— Elle me plaît comme ça. Blanche.

Une voiture basse et blanche, d'une blancheur cristalline, une pétillante blancheur de sorbet pour se confondre avec la neige. Le camouflage parfait.

Il y a beaucoup de jours de neige, l'hiver à New York. Chaque année soixante jours, des jours de vingt-quatre heures, ce qui fait soixante jours *et* soixante nuits. Ajoutons les jours de gelée qui empêchent ou du moins ralentissent la fonte, et on arrive comme ça à une moyenne de trois mois blancs.

Trois mois où, à partir d'une certaine heure, les passants se font rares ; où les rues sont désertes – jamais tout à fait désertes, bien sûr, mais dès que New York est sous la neige, les gens ne font plus attention à vous, ils sont trop attentifs à regarder où ils mettent les pieds.

Malgré leurs pneus spéciaux, les Dodge du NYPD[1] n'échappent pas aux glissades, aux tête-à-queue, les chiens policiers ont la truffe anesthésiée, le froid racornit les odeurs, les fripe, les vide de leur substance ; et surtout, pendant ces trois mois, les nuits sont les plus longues de l'année.

Avec cette voiture blanche, s'il parvenait à en financer l'achat, le Noir bénéficierait chaque année de quatre-vingt-dix nuits pendant lesquelles il pourrait tuer des femmes.

Presque sans risques puisque sa voiture serait quasiment invisible. Et les nuits sans neige, il serait encore gagnant grâce à la vitesse de la Corvair et au silence de son moteur 6 cylindres à plat. L'invisibilité et la rapidité n'étaient pas seulement un atout appréciable pour échapper à la police, ils l'étaient aussi pour approcher ses proies.

---

1. *New York Police Department*, la police new-yorkaise.

Les castors avaient été les premiers à fréquenter Jamaica Avenue, ou du moins son futur tracé, son sillon avant qu'elle ne devienne une des principales artères de Queens. Frétillant parmi les lourdes voitures américaines, la minuscule Fiat rouge de Catherine Susan Genovese, dite Kitty, avait précisément l'air d'un de ces castors nageant au milieu des troncs d'arbres. D'autant que son avertisseur enroué imitait à s'y méprendre le cri plaintif du petit animal.

En même temps que les rongeurs s'était installée une tribu d'Algonquins, les Indiens Yamecahs (d'où venait le nom de Jamaica), chasseurs de castors. Bientôt suivis par des colons anglais et quelques égarés français, tous avides de faire commerce des peaux et de l'huile des castors.

En 1880, Jamaica était devenue la vraie rue d'une vraie ville. Elle s'était dotée d'un tramway, de sept boulangers, trois médecins, deux policiers, et de vingt et une baraques qui vendaient de l'alcool. La rue avait continué à s'élargir, elle avait acquis le statut d'avenue, avec un terre-plein central et des grappes de feux de signalisation, avec aussi des accidents plus fréquents, plus graves, ce qui avait contribué à multiplier le nombre de flics, de médecins et de funérariums. Les familles endeuillées appréciant l'alcool pour anesthésier leur chagrin, le nombre des magasins de spiritueux avait alors sensiblement augmenté, et la délinquance avec eux.

Puis, peu ou prou à l'époque où l'Amérique avait élu Kennedy, un processus de désertification économique, d'autant plus difficile à enrayer qu'il était inexplicable, avait commencé à ronger Jamaica. Les chaînes de magasins, de restaurants, de cinémas, avaient fermé ou émigré les unes après les autres. Avec ses vitrines badigeonnées au blanc d'Espagne, l'avenue s'était alors donné des allures de ville givrée, figée comme après le passage d'un blizzard.

Les boutiques vides avaient tout de même fini par trouver des repreneurs en la personne d'importateurs de vêtements bariolés conçus pour séduire une clientèle majoritairement hispano et noire. Entre Sutphin Boulevard et la 169e Rue, de graciles petites vendeuses indo-pakistanaises ou portoricaines effacèrent le blanc d'Espagne, les vitrines retrouvèrent leur transparence, et les couleurs violentes des jupes et des chemisiers à volants se reflétèrent sur les mares qui, après chaque averse, remplissaient les fondrières de la chaussée et les crevasses des trottoirs.

Somewhere over the rainbow, troubles melt like

lemon drops[1], chantait à tue-tête Catherine Kitty Genovese en zigzaguant sur l'avenue. Elle dirigeait son volant d'une main, tandis que de l'autre elle maintenait à portée de sa langue mince et rose un « chapeau mexicain », cornet en forme de large sombrero renversé dont l'intérieur était rempli de crème glacée italienne. Tant qu'elle était à bord de sa voiture rouge, Kitty affichait volontiers ses racines italiennes. Elle n'avait pas choisi une Fiat par hasard. Mais elle redevenait pleinement américaine dès qu'elle en descendait pour poser le pied sur le macadam new-yorkais.

Kitty Genovese aurait pu diriger un de ces magasins de vêtements qui faisaient maintenant la réputation de toute une portion de Jamaica. Elle en avait largement les capacités. Sortie en toge et bonnet carré de la Prospect Heights High School de Brooklyn, elle possédait un goût très sûr en matière d'habillement. En tout cas pour elle-même, elle savait d'emblée ce qui lui irait, c'était souvent une petite robe de rien du tout, une banalité monochrome que les autres filles ne repéraient même pas, mais dont Kitty voyait tout de suite comment en faire quelque chose d'original en la rehaussant d'un accessoire un peu chic – foulard élégant, ceinture amusante, jolies ballerines.

1. *« Quelque part de l'autre côté de l'arc-en-ciel, les soucis fondent comme du sorbet au citron… »* (Extrait de la chanson du film *Le Magicien d'Oz*).

Aux fringues, elle avait préféré un bar de nuit. Elle n'en était pas propriétaire, juste manager. Elle travaillait jusqu'à deux ou trois heures du matin, dormait jusqu'à onze heures ou midi, après quoi elle avait pour elle la longue plage d'un après-midi dans la lumière dorée de l'été, ou sous le ciel ventre de loup d'un hiver de neige.

Dans sa traversée de Hollis, un des secteurs les plus peuplés du comté de Queens, à une vingtaine de kilomètres de Manhattan, Jamaica Avenue était bordée d'immeubles bas, rabougris et plutôt délabrés, qui, en plus des boutiques de nippes, abritaient des chapelles se réclamant d'Eglises improbables dont beaucoup finissaient par faire faillite comme n'importe quelle petite entreprise mal gérée, des ateliers où l'on réparait tout et n'importe quoi, des échoppes de restauration rapide. Ça sentait le caoutchouc, le beignet frit, la vapeur des pressings.

Le bar où officiait Kitty Genovese se fondait dans ce paysage terne. Sous l'enseigne – sorte de boîte que des néons éclairaient de l'intérieur –, sa porte étroite donnait sur une pièce étriquée. L'*Ev's Eleventh Hour Club*, dont on mettait presque plus de temps à dire le nom qu'à traverser la salle, était une tanière d'habitués, un de ces bars de voisinage dont la clientèle se recrutait parmi la population des deux ou trois blocks les plus proches.

Les gens venaient moins pour boire que pour Kitty. Peut-être parce que celle-ci n'avait ni la physionomie ni les manières d'une tenancière de bar. Brune et rieuse, le nez un peu marqué, les pommettes très dessinées, le menton en triangle et de jolies quenottes blanches et pointues, Kitty Genovese avait le visage bien ciselé d'un origami particulièrement harmonieux. Elle se mouvait avec une souplesse de fleur ou de sirène, elle était pleine de lumière, les habitués du *Ev's Eleventh Hour Club* disaient qu'elle brillait dans la nuit comme une luciole.

Aînée des cinq enfants d'une famille italo-américaine de la *middle class*, elle avait vécu à Brooklyn jusqu'à ce que ses parents, dont la situation économique s'était progressivement détériorée, eussent décidé de se replier sur New Canaan, dans le Connecticut. Une ville tranquille et riche – moins de deux et demi pour cent de ses habitants vivaient sous le seuil de pauvreté –, qui méritait bien son nom inspiré de celui de la Terre promise, et où Kitty allait passer le week-end aussi souvent qu'elle le pouvait.

Elle avait été une des meilleures étudiantes en histoire de la Prospect Heights High School, et elle en avait gardé une grande curiosité pour les mécanismes du monde qui l'entourait. A la fin du déjeuner dominical, lorsque sa mère déposait sur la table la *pastiera* farcie de *ricotta* et de fruits confits, Kitty se lançait dans d'interminables discussions politiques avec son père. Même s'il n'était pas de son avis, Vincent Genovese l'écoutait avec respect, il la questionnait, et il hochait doucement la tête tandis qu'elle lui répondait. Kitty et son père avaient une passion l'un pour l'autre. La jeune fille mettait de l'argent de côté dans l'espoir d'ouvrir avec lui un restaurant italien à New Canaan.

Quand elle avait pris les rênes du *Ev's Eleventh*, la clientèle consommait principalement de la bière et du whisky. Des boissons de saloon ne nécessitant pas les talents d'une barmaid, et que Victor Horan, le serveur, suffisait à préparer. Mais Kitty avait lu des articles de mixologie, et s'était lancée dans la confection de cocktails bariolés, aussi amusants à regarder que délicieux à siroter.

Elle maniait le shaker et la cuiller à mélange au rythme des musiques latinos dont elle gavait le tourne-disque du *Ev's Eleventh*. Elle n'avait pas la sensualité parfois un peu lourde des Italiennes, ses mollets fermes et nerveux étaient plutôt ceux d'une jeune danseuse de flamenco.

Quand il faisait trop chaud, elle demandait à Victor d'aller entrouvrir légèrement la porte. Tard dans la nuit, l'avenue était vide. Deux ou trois soirs de suite, pourtant, Kitty avait vu dans l'entrebâillement passer une Corvair blanche roulant à toute petite vitesse. Elle s'était dit que c'était le genre de voiture qu'il lui faudrait pour ses allées et venues entre le Queens et New Canaan.

La parole est à Nathan Koschel, Mowbray House, 82-67 Austin Street, Kew Gardens

En mars 1964, j'eus la chance de rentrer chez moi, à New York, à bord d'un des tout derniers Constellation à voler encore sur les lignes intérieures américaines. Après avoir descendu la passerelle, je suis resté un temps sur le tarmac à m'extasier devant cet appareil magnifique qui n'avait plus que quelques brèves années à vivre avant d'être définitivement supplanté par les jets ; et après les formalités d'arrivée, je me suis approché d'une des baies vitrées du terminal pour admirer encore une fois le plus bel avion à hélices qui soit au monde.

Ce qui explique qu'il faisait déjà sombre quand je suis arrivé à Kew Gardens (Queens, NY) et que, descendu précipitamment du taxi, je n'aie rien remarqué d'anormal.

Rien ne me frappa non plus tandis que je transbahutais ma valise depuis le coffre de la voiture jusqu'à l'entrée de l'immeuble. Il faut dire que j'étais concentré sur cette corvée, maudissant une fois de plus la stupide peur de manquer qui m'a toujours empêché de voyager léger.

D'ailleurs, si je dis n'avoir rien noté d'anormal, c'est probablement qu'il n'y avait en effet rien à voir, non vraiment plus rien. Car il n'y a personne de plus observateur qu'un pêcheur, surtout quand il pratique comme moi la pêche à la mouche dont le succès dépend avant tout de la sélection du leurre sur lequel il parie que la truite va monter. Le coup de poignet du pêcheur, sa délicatesse à faire voler la soie et à poser son appât juste au bon endroit à la surface de l'eau, n'auront aucun effet si l'offrande ne présente pas pour le poisson un aspect non seulement apéritif mais logique et rassurant. Pleine de méfiance et de soupçon, la truite ne se laissera tenter que par une mouche parfaitement crédible pour elle, c'est-à-dire le genre d'insecte qui, en cet instant précis de la partie de pêche, est le plus nombreux à tomber des branches et des berges, et qu'on ne saurait identifier sans une observation très fine de l'environnement ; et quand on a pris le pli de scruter ainsi les choses minuscules des bords de la rivière, ce qui est devenu mon cas, on est à jamais sensible aux détails les plus infimes.

Je suppose donc que la pluie, qui d'après le chauffeur de taxi était tombée ces derniers jours en abondance sur New York, avait lavé, dilué et emporté les traces du carnage ; l'efficacité des employés de la voirie y était sans doute aussi pour quelque chose, comme celle du personnel du bar *Old Bailey's* qui avait participé au nettoyage du sol, sans oublier l'aide qu'avait apportée Joseph Fink, l'intendant de Mowbray House, l'immeuble où nous habitons, Guila et moi, juste de l'autre côté du trottoir où tout avait commencé.

Il est vrai que Kew Gardens est un des coins les plus agréables et les plus tranquilles de Queens, et personne ici n'a envie que ça change. Je comprends donc que tout le monde ait été impatient de voir s'effacer les dernières traces de l'horreur de cette nuit-là. Surtout qu'il ne restait qu'une dizaine d'heures avant le début du Shabbat, qui était alors scrupuleusement observé à Kew Gardens.

En tout cas, dans les jours qui suivirent mon retour, seuls les chiens marquaient encore le pas et flairaient le sol avec une fébrilité inhabituelle en passant là où Catherine Kitty Genovese avait été saignée à mort. Leurs maîtres tiraient sur la laisse avec agacement, pensant que leurs animaux reniflaient les mictions d'autres chiens. Les bêtes, elles, savaient que c'était du sang et non de l'urine qui avait été répandu là : aussi longtemps que nous habitâmes Austin Street, je n'en vis plus jamais aucune lever la patte à cet endroit pour marquer son territoire.

Puis l'intérêt des chiens pour cette portion de trottoir s'estompa. A force de passer et de repasser là où Kitty avait été massacrée, ils finirent par se lasser de ces odeurs qui devenaient chaque jour un peu plus fades.

Une substance chimique comme le luminol, qui émet une belle lumière bleue au contact de l'hémoglobine, aurait sans doute permis de retrouver des éclaboussures de sang qui, pour être devenues invisibles et inodores, n'en étaient pas moins toujours présentes. Sauf si, dans un souci de désinfection, les nettoyeurs, ceux-là mêmes dont j'ai loué l'empressement, avaient inondé la scène du crime, façades des maisons comprises, avec une solution d'eau de Javel, celle-ci partageant avec le raifort (n'est-ce pas curieux ?) la propriété de « tromper » le luminol.

A plus de quinze kilomètres du cœur de New York, Austin Street évoquait, sous le soleil encore acide de la mi-mars, ce bon côté de la rue, et surtout ce bon versant de la vie, d'une petite ville américaine qui sent le maïs grillé, les *spare ribs* et la cannelle chaude. Né du couple pourtant improbable d'un parcours de golf et d'une ligne de chemin de fer (celle destinée à desservir le cimetière de Maple Grove qui rencontrait un succès inattendu – je parle d'une époque où il y avait à Queens presque davantage d'habitants inhumés que de citoyens vivants –), Kew Gardens est un astéroïde lisse et paisible, quadrillé d'avenues bordées d'arbres et de quelques maisons de style

Tudor, qui orbite à son rythme, non pas autour mais au cœur même de son soleil : New York.

Quand Kitty Genovese fut assassinée, il se perpétrait chaque année environ dix mille meurtres sur le territoire américain. Ce qui explique qu'un journal comme le *New York Times* n'ait accordé que quelques lignes en page douze *(Queens : une habitante du quartier meurt poignardée devant chez elle)* au crime qui avait eu lieu juste sous nos fenêtres pendant que j'étais au Nouveau-Mexique, occupé à pêcher à la nymphe les truites farios de la rivière San Juan. Guila, qui avait profité de mon absence pour aller passer trois jours chez notre fille dans le comté de Sagadahoc (Maine), n'avait appris le drame qu'à son retour à Mowbray House – et ceux qui lui avaient raconté ce qu'ils savaient de l'histoire n'en connaissaient pas encore l'aspect le plus insoutenable.

Si la presse s'était peu intéressée à l'affaire, la police avait tout de suite mis en place des moyens importants. Pas moins d'une trentaine d'enquêteurs furent mobilisés pour passer tout le quartier au peigne fin, notamment le secteur mitoyen de Forest Hills. Il faut dire que c'est le plus huppé de Queens : les maisons y sont plus élégantes, plus romantiques, et aussi beaucoup plus chères ; on ne les appelle d'ailleurs plus des maisons mais des résidences, des demeures, des propriétés, on se sent là-bas loin de New York, quelque part comme dans un jardin anglais.

Plutôt satisfaits de leur dernier bilan en matière de lutte contre la criminalité, les flics du 112e District n'avaient pas l'intention de laisser s'installer un climat de peur. D'autant qu'avec l'approche du printemps, il allait y avoir de plus en plus de gens à s'attarder la nuit dans les rues.

Les habitants de Kew Gardens parlaient sans trop de réticences de ce qui s'était passé aux petites heures du 13 mars – notamment les clients du *OldBailey's*, ce qui était logique dans la mesure où Kitty avait été attaquée à quelques mètres de leur établissement préféré. Mais leurs propos n'avaient rien de sensationnel : on s'interrogeait surtout sur la personnalité de la victime, que tout le monde ici avait croisée un jour ou l'autre, pour en arriver à la conclusion qu'au fond, on ne savait presque rien d'elle.

Anthony Corrado, qui tenait une boutique de meubles Fairchild sur Austin, avait raconté une fois de plus (il adorait cette anecdote) comment il avait fait sa connaissance à peine un an auparavant, un jour de printemps. Kitty et une amie qu'elle avait présentée comme sa colocataire étaient entrées dans son magasin pour lui demander s'il pouvait les aider à monter un canapé-lit jusqu'à l'appartement du premier étage où elles étaient en train d'emménager – avec son commerce, il devait forcément savoir comment s'y prendre pour faire passer un lit trop large par un escalier trop étroit.

La profession de marchand de meubles offre peu d'occasions d'éblouir des jeunes femmes, aussi Tony Corrado n'avait-il pas négligé celle-ci. Il avait embauché un de ses neveux, et ils s'étaient attaqués au problème. Dont ils n'avaient pas manqué d'exagérer les difficultés afin de se faire mousser. Une fois le canapé-lit en place, Kitty avait voulu donner quelques dollars à Corrado pour le remercier de sa peine, mais il avait refusé : on n'était pas comme ça à Kew Gardens, où l'entraide n'était pas un vain mot. Kew Gardens, c'était l'endroit idéal pour qui recherchait l'authenticité des contacts humains et une vie paisible.

— Les seuls troubles que je me rappelle avoir connus ici depuis bientôt quinze ans que j'y suis, avait dit Corrado aux deux filles, ce sont des bagarres de chats et, quelquefois, un type bourré que le staff du *Old Bailey's* est obligé de flanquer dehors.

Kitty et son amie s'étaient alors chuchoté à l'oreille quelque chose qui les avait fait pouffer, du genre « Oh, comptez sur nous pour réveiller tout ça ! ». C'est du moins ce que Tony Corrado s'était imaginé, si bien qu'en regagnant son magasin, il avait dit à son neveu qu'on n'allait sûrement pas s'ennuyer avec ces deux petites dans l'immeuble, des demoiselles si jolies, si fraîches et si sociables, que Tony était persuadé qu'elles étaient des hôtesses de l'air.

Il se trompait : elles n'étaient pas hôtesses de

l'air et elles ne firent rien pour secouer le quartier – du moins au sens joyeux où l'entendait Corrado.

Malgré ses origines italiennes, Kitty n'avait rien d'exalté ni de volubile. Elle avait bien de soudaines bouffées de joie qui la faisaient partir d'un grand éclat de rire, mais savait-on seulement pourquoi elle riait ? On se plaisait à penser que c'était parce qu'elle était heureuse, mais on en restait là, on ne cherchait pas à percer les raisons de ce bonheur, peut-être parce qu'en plus du bonheur il émanait d'elle quelque chose qui vous incitait à être aussi discret qu'elle était pudique.

Il lui arrivait de porter une robe de percale blanche qui lui descendait assez bas sous les genoux, presque aux chevilles en fait, et dont le bustier découvrait ses épaules. Elle avait dû l'acheter à l'occasion d'un mariage, c'était une robe à la fois sérieuse et juvénile, délicate, sans doute coûteuse à entretenir, pas ce genre de toilette qu'on enfourne dans la machine à laver du coin de la rue, c'est pourquoi Kitty ne la portait qu'exceptionnellement, le 4 Juillet ou pour Thanksgiving, ou pour assister à une fête où il y avait des danses, elle virevoltait sur le trottoir pour nous montrer comme sa robe s'évasait bien, une grande corolle blanche, elle nous faisait alors penser à Natalie Wood dans *West Side Story*, même si, dans le film, la robe blanche bien empesée et qui tournoie, c'est plutôt celle de Rita Moreno.

Kitty était exactement *the girl next door*, ce genre de personne à qui on dit bonjour bonsoir et qui répond bonsoir bonjour, on lui emprunte du shampooing mais on jugerait trop intime de lui prêter un livre qu'on a aimé entre tous, comme *Ne tirez pas sur l'oiseau moqueur*[1].

Et ce n'était pas maintenant qu'elle était morte qu'on allait en apprendre davantage sur son compte. Alors à quoi bon parler d'elle et ressasser ce qui lui était arrivé ?

Pas la peine non plus de se demander ce qu'allait devenir Mary Ann, la fille qui partageait son appartement. De l'avis général (je me réfère de nouveau aux clients du *Old Bailey's*, apparemment les mieux informés), Mary Ann, plus jeune, pulpeuse, avec un petit côté Kim Novak, aussi blonde que Kitty était brune, trouverait vite un gentil garçon qui lui ferait oublier l'image sanglante et disloquée de sa colocataire.

Nous n'avions rien compris.

---

1. *To Kill a Mockingbird*, par Harper Lee.

Jusqu'au 27 mars, soit quatorze jours après le crime, on n'entendit plus parler de rien.

Et puis, ce type était arrivé. Martin Gansberg, du *New York Times*.

Originaire de Brooklyn, diplômé de la St. John's University, Gansberg avait débuté au *NY Times* en travaillant la nuit comme garçon de bureau. Il avait vite grimpé les échelons et, voici quatre ans, sa direction l'avait envoyé à Paris pour s'occuper de l'édition internationale du journal.

De retour aux Etats-Unis, Gansberg avait intégré l'équipe d'Abraham Michael Rosenthal[1], rédacteur en chef des pages new-yorkaises. Une sacrée personnalité, celui-là. Des colères qui, un jour, entreraient dans la légende du journal. Il n'y avait pas de doute, il était en train de sauver le *NY Times*. De l'empêcher de connaître l'agonie de tous ces journaux dont la télévision avait fini par avoir la peau – homicide involontaire, car, quand on y réflé-

1. De A.M. Rosenthal, lire le livre *Thirty-Eight Witnesses : The Kitty Genovese Case* (Melville House Classic Journalism).

chit bien, tuer la presse écrite n'a jamais été le but ni l'intérêt de la télé. Contrairement à ce qu'annonçait le sociologue McLuhan, nous n'avions pas quitté la galaxie Gutenberg pour la galaxie Marconi. Les images ne l'avaient pas emporté sur les mots. Plus l'information tendrait vers l'instantané, et donc vers le chaos, plus nous aurions besoin de la référence du texte pour la décrypter, la classer, la vérifier.

Je me souvenais de la façon dont Guila et moi avions appris l'assassinat du président Kennedy, c'était très précisément quatre mois et vingt et un jours avant la mort de Kitty. Guila écoutait un de ses programmes favoris – une lecture marathon de *Guerre et Paix* sur WBAI – lorsqu'ils avaient interrompu leur programme et que quelqu'un d'essoufflé s'était emparé du micro pour dire : « Il vient d'y avoir un attentat à Dallas, on a tiré sur le président, certaines rumeurs donnent Kennedy pour mort, je répète : John Kennedy serait mort à Dallas, tué dans un attentat… »

Guila était devenue très pâle, on s'était regardés elle et moi, et son premier réflexe avait été de couper la radio, non seulement parce que celle-ci venait d'annoncer quelque chose d'obscène, mais parce que cette obscénité pouvait n'avoir aucune réalité, n'être que du vent – d'ailleurs, les ondes radio sont moins que du vent, vous pouvez marcher face à elles sans rien percevoir de leur existence –, et puis j'avais dit : « Je descends acheter le journal, comme ça on en saura davantage », sans songer un seul instant qu'il était techniquement impossible au *NY Times* d'avoir eu le temps de sortir une édition spéciale quelques minutes seulement après l'événement ; mais pour moi, aucune information n'était fiable aussi longtemps qu'elle n'avait pas été vérifiée et étayée par un écrit, et c'est toujours le cas.

Il n'y a pas de victoire des images sur les mots. Simplement, la télévision a permis aux gens d'être les témoins directs des événements au lieu de les découvrir à travers la relation d'un reporter, celle-ci fût-elle sincère, brillante, et même, pourquoi pas, artistique.

Encore que la télévision ne puisse susciter que des témoins muets et impotents, condamnés à subir sans pouvoir agir. Imaginez le désespoir d'un homme qui, voyant un drame en train de se jouer sous ses yeux en temps réel, serait empêché d'intervenir à cause de l'interposition d'un simple écran vitré entre lui et la ou les victimes de ce drame.

A moins, bien sûr, que cet homme préfère justement ne pas intervenir...

Guila et moi n'avions pas la télévision. Lorsque celle-ci retransmettait quelque chose d'important et de consensuel comme les funérailles de Kennedy, nous descendions voir ça à l'*Old Bailey's*. S'il s'agissait d'un programme qui n'avait aucune chance d'être plébiscité par les clients du bar mais qui m'intéressait personnellement, comme par exemple un reportage sur la pêche en Irlande ou dans les gaves des Pyrénées, je m'efforçais d'obtenir d'un voisin complaisant (les gens ont toujours été particulièrement solidaires et serviables à Kew Gardens) qu'il me laisse regarder le documentaire sur son téléviseur. Je dérangeais peu, les émissions sur la pêche à la mouche sont plutôt rares.

Etant par contre un lecteur assidu de la presse écrite, j'appréciais vraiment l'impulsion que Rosenthal avait donnée au *New York Times*. J'avais eu l'honneur de le rencontrer et d'échanger quelques mots. C'est ainsi que j'avais appris qu'il avait eu une enfance comme Dickens lui-même n'aurait jamais osé en imaginer une : né dans le Bronx d'une famille nombreuse et désargentée, il avait eu l'invraisemblable malheur de perdre son père, sa mère, et quatre de ses cinq sœurs avant d'être lui-même frappé d'une ostéomyélite qui avait failli le priver à jamais de l'usage de ses jambes. On ne croirait vraiment pas, à voir aujourd'hui son visage énergique, son sourire droit, sa tignasse de cheveux noirs et ses yeux mi-gris mi-verts derrière des lunettes à monture de corne, qu'il ait pu être une pauvre chose chétive et promise au fauteuil roulant.

Un an à peine après avoir été nommé au poste de rédacteur en chef, il en savait déjà sur New York autant que s'il eût été une encyclopédie vivante – ou du moins le chapitre New York de cette encyclopédie.

Parmi les principaux contributeurs de son savoir, il y avait le chef de la police, Michael J. Murphy.

Rosenthal avait des accès de fureur qui dégageaient de l'espace autour de lui avec autant d'efficacité qu'une coulée de lave, tandis que Murphy possédait un registre impressionnant de rages toutes plus froides les unes que les autres. Une telle complémentarité dans l'exercice de la colère ne pouvait que réunir les deux hommes.

Ils ne firent pas que s'apprécier professionnellement, ils devinrent amis.

Environ dix jours après la mort de Kitty Genovese, Rosenthal et Murphy se retrouvèrent pour déjeuner. Il commençait enfin à faire beau, et surtout un peu moins froid.

Le journaliste avait choisi le restaurant d'un hôtel proche de la 43e Rue où se dressait l'immeuble du *NY Times*. Lorsqu'on lançait les rotatives du journal, leur trépidation irradiait le sol et se propageait jusqu'au restaurant de l'hôtel où les verres et les bouteilles se mettaient à tinter doucement. Rosenthal manifestait ainsi à ses invités non pas sa puissance propre (son enfance tragique lui avait fait comprendre que celui qui n'a pas de pouvoir sur la mort n'a en réalité aucun pouvoir), mais celle de son journal. Il n'avait évidemment pas besoin de prouver quoi que ce soit à Murphy ; mais il aimait bien ce vieil hôtel, son bar désuet, ses tentures fanées qui gardaient dans leurs fibres l'odeur de fumée des cigarettes – il suffisait alors à Rosenthal de fermer les yeux pour se croire en train d'allumer un feu de bivouac aux côtés de son père à l'époque où celui-ci était encore trappeur en baie d'Hudson –, il éprouvait une tendresse coupable pour la nourriture systématiquement brune, gluante et trop cuite, qui avait l'air de sortir d'une cantine de club anglais.

Quelques jeunes prostituées chahutaient dans les couloirs. Elles avaient eu la chance que leurs clients les gardent pour la nuit ; si elles manifestaient leur joie, ce n'était pas tant pour le supplément de dollars que ça leur avait valu que pour l'opportunité du petit déjeuner servi dans la chambre, et d'une longue trempette dans des baignoires à l'émail jauni mais merveilleusement profondes.

Comment j'ai su tout ça ? Par Martin Gansberg à qui Rosenthal, aussitôt sorti de son lunch avec Murphy, avait tout raconté par le menu. Il était comme ça, Rosenthal, il avait la passion des détails, il disait que c'étaient ces petites notations de rien du tout qui faisaient qu'un papier passait de l'honorable banalité à l'excellence, citant en exemple les premiers articles qu'Hemingway, reporter débutant, avait rédigés pour le *Kansas City Star*, couvrant tous les incidents qui pouvaient survenir dans un triangle compris entre le poste de police de la 15e Rue, la gare et l'hôpital – eh bien, malgré le manque d'intérêt notoire des sujets traités par Hemingway, on avait l'impression d'être concernés par ces faits divers tellement ils fourmillaient de choses vues, de petites existences furtives, timides, qui étaient non pas les briques de la vie mais le mortier humble et gris qui faisait tenir ces briques ensemble, qui leur permettait de prendre forme, de s'élancer vers le ciel. De faire sens.

Les deux hommes avaient passé leur commande, puis Rosenthal avait fait remarquer que Times Square était en train de tourner à la Cour des Miracles. Depuis quatre ou cinq ans que les sex-shops et les peep-shows s'étaient mis à pulluler dans tout le secteur, on recensait un nombre croissant de vols à la tire, de dégradations de magasins, de bris de vitrines, d'incendies de poubelles, etc. Des délits pour l'instant plus agaçants que graves, mais qui pouvait dire où finirait l'agacement et où commencerait l'exaspération ?

Le chef de la police n'avait d'abord rien répondu, distrait par les petites putes. Elles étaient à présent dans la salle à manger ; et bien qu'elles aient déjà englouti « en chambre » une corbeille de viennoiseries, des œufs brouillés aux pointes d'asperges, des toasts badigeonnés de beurre de cacahuète et du jus de cranberry, elles s'apprêtaient à festoyer à nouveau, avec cette fois des saucisses Wall's.

Murphy s'était détourné et avait décidé d'ignorer leurs gloussements. Comme Rosenthal, il était né à New York. Et plus précisément dans le Queens. Alors, forcément, il avait pris comme une atteinte personnelle ce qui s'était passé le 13 mars à Kew Gardens.

Il s'était penché en avant, repoussant son poulet aux deux sauces – la brune, visqueuse, et l'autre, tirant plutôt sur le vert, qui devait être à la menthe :

— Frère, avait-il dit à Rosenthal (il fallait que l'affaire fût d'importance pour qu'il l'appelle frère, il ne s'autorisait cette familiarité que dans des circonstances graves, quand par exemple un enfant était kidnappé et que Murphy avait besoin de la presse pour publier un mensonge destiné à piéger le ravisseur), frère, cette histoire qui s'est passée à Queens il y a une dizaine de jours, ça vaudrait tout un putain de bouquin.

Pourtant, d'après ce que Rosenthal en savait, et il faisait partie des personnes les mieux informées de la ville, l'assassin de Kitty Genovese avait été arrêté quelques jours auparavant. Il était passé aux aveux sans difficulté.

— Vous tenez le boucher qui a fait ça, non ?

— On l'a bouclé, reconnut Murphy.

Mais il n'y avait aucune satisfaction dans la voix du policier. Il avait le ton et le regard moroses – presque affligés, pensa Rosenthal. Pourtant, avoir mis la main sur un tueur qui jusqu'alors n'était fiché nulle part, et cela quelques jours à peine après un crime sur la scène duquel on n'avait relevé aucun indice vraiment exploitable, c'était une jolie réussite.

— Vous auriez aimé qu'on fasse un peu plus chanter les violons ? dit Rosenthal en souriant.

D'accord, donnez-moi le nom des hommes que vous avez mis sur l'affaire, et le *Times* va leur tresser des couronnes.

— Il ne s'agit pas de ça, dit Murphy. Rien à foutre de la gloire. Mais ça ne serait pas mal que quelqu'un raconte ce qui s'est *vraiment* passé cette nuit-là.

Rosenthal, qui venait de piquer un morceau de viande calciné au bout de sa fourchette, reposa celle-ci comme pour manifester à Murphy combien il était passionné par ce que celui-ci lui disait, au point même que ça l'empêchait de manger. Cette attention excessive, presque hypnotique, qu'il s'obligeait à porter à un interlocuteur, c'était son truc pour amener celui-ci à l'épanchement, à la confession. Il ne comptait plus les scoops qu'il avait obtenus ainsi.

— Ah oui ? dit-il en essayant de mettre dans ces deux courtes syllabes toute la curiosité dont il était capable.

— On a chopé celui qui tenait le couteau. Celui qui s'est acharné sur la fille. Mais il semble qu'il ne soit pas le seul à être responsable de sa mort.

— Un complice ?

— Pas un, dit Murphy. Trente-huit.

Rosenthal suscita dans sa tête l'image de trente-huit agresseurs brandissant chacun un couteau pour en frapper furieusement le corps d'une fille de vingt-huit ans.

— Oh, ils n'avaient pas de couteaux, dit Murphy comme s'il déchiffrait la vision mentale qu'essayait de construire le journaliste. Et ils se sont bien gardés de s'approcher de la petite.

— Comment l'ont-ils tuée, alors ?

— Vous ne le croirez jamais, dit Murphy.

Abraham Michael Rosenthal eut en effet du mal à admettre que le drame ait pu se dérouler comme le lui raconta alors le chef de la police new-yorkaise.

Et des millions de gens avec lui se demandèrent ensuite – se demandent encore – comment une telle chose avait pu être possible.

Après son déjeuner avec le chef de la police, et tandis qu'il remontait à pied vers la 43e, Rosenthal décida que Martin Gansberg serait l'homme auquel il allait confier l'enquête sur les révélations – inouïes et révoltantes – que venait de lui faire Murphy.

Le choix d'un néophyte pouvait surprendre. A quarante ans, Martin Gansberg avait déjà largement montré son savoir-faire, mais il ne s'était pas encore frotté au reportage, aussi Rosenthal s'attendait-il à des manifestations de jalousie de la part de ses journalistes de terrain les plus chevronnés. Il avait pourtant tenu bon : il savait qu'il n'aurait pas besoin de vendre cette histoire à Gansberg, que celui-ci allait démarrer au quart de tour, et que, comme tout débutant qui veut prouver qu'on a eu raison de lui faire confiance, il ne se laisserait pas décourager par les aléas d'une investigation qui risquait d'être longue, délicate, et qui pouvait surtout ne déboucher sur rien.

Quelques heures plus tard, Gansberg se garait sur le parking du Long Island Railroad où Kitty

Genovese avait rangé sa petite Fiat rouge la nuit du drame. Il descendit de voiture et considéra avec curiosité le building façon Tudor qu'avait habité la jeune femme.

Ce n'était pas une configuration courante à New York que cet immeuble mixte qui possédait un rez-de-chaussée ceinturé de commerces, et deux étages d'appartements. Cette disposition privait les locataires d'une entrée sur Austin Street, les obligeant à contourner le bâtiment pour accéder au vestibule et à l'escalier desservant leur palier.

Martin Gansberg traversa l'avenue en direction de l'immeuble, de dix étages celui-là, qui faisait l'angle de Mowbray Drive, de l'autre côté d'Austin Street. La plupart des personnes que le journaliste avait l'intention d'interroger résidaient dans l'un ou l'autre des appartements de ce block.

Quand Gansberg sonna à ma porte (deux coups brefs comme pour se démarquer des flics qui, eux, avaient pour habitude de tenir le bouton enfoncé pendant d'interminables secondes), j'étais occupé à écrire un chapitre du roman que je m'efforce de mener à son terme.

C'est l'histoire d'un pêcheur de carpes. Une pêche placide s'il en est, aussi éloignée de celle que je pratique que la chasse aux papillons l'est de la traque du phacochère ; une pêche où l'appât roi consiste en un bout de pomme de terre crue, chose banale et vulgaire si on la compare aux chefs-d'œuvre de mimétisme que réalise le pêcheur à la mouche quand, à l'aide de minuscules brins de queues de daim, de poils de lapin ou de chevreuil, de plumes de perdrix ou de dinde, avec un peu de mousse néoprène et du fil de soie, il façonne des larves, des pupes, des imagos.

Mais la carpe farcie n'est-elle pas, comme la *bsaloubia*, un des symboles de la table juive, même si, pour ma part, je trouve cet incontournable *gefilte fish* toujours un peu fade ?

Haskèl, le héros de mon roman, à force de voir des pêcheurs employer des leurres tous plus sophistiqués et coûteux les uns que les autres, décide de concevoir et de commercialiser un leurre à carpe qui sera l'imitation parfaite d'un bout de pomme de terre. Sans doute le petit appât sera-t-il à l'achat plus cher qu'une simple patate, mais il présentera l'avantage de pouvoir servir un nombre infini de fois. Et Haskèl d'investir tous ses biens dans le financement des études, des maquettes, des essais hydrodynamiques, et surtout du brevet exclusif mondial de son leurre.

Au stade où j'en suis, je n'ai pas la moindre idée de la façon dont le livre finira. Haskèl peut faire fortune, et il peut tout aussi bien être ruiné. C'est cette ignorance de ce qui va arriver qui m'incite à poursuivre en dépit du sentiment que j'ai d'écrire un livre qui ne vaut pas grand-chose : je veux en connaître la fin.

Et si Haskèl s'en sort honorablement, pourquoi

ne tenterais-je pas moi aussi de lancer sur le marché le leurre en pomme de terre artificielle ?

Guila regrettait que le sujet de mon livre fût si ténu par rapport au champ immense des questionnements de l'humanité. A quoi je lui répondais que, grâce aux doutes que j'entretenais sur l'avenir d'Haskèl, ce roman qui commençait en effet très petitement contenait en germe des développements infinis.

Quand Martin Gansberg m'eut révélé le motif de son enquête, je lui fis remarquer que, n'étant pas chez moi la nuit du 12 au 13 mars, je n'avais rien de particulier à lui dire ; mais que je lui offrirais bien volontiers une tasse de café ou un verre de chablis, car ce n'était pas tous les jours que Guila et moi avions dans notre salon un journaliste du *NY Times*.

J'étais d'autant plus émoustillé par sa présence chez nous qu'il m'expliqua avoir noté sur un cahier les noms que lui avait confiés Rosenthal d'après la liste des témoins du meurtre établie par Michael Murphy, lequel la tenait de l'inspecteur-chef adjoint Frederick M. Lussen et du lieutenant Bernard Jacobs – or je n'y figurais pas.

— Oh, ça ne m'a pas échappé, dit Gansberg. Mais j'ai pensé qu'en commençant par vous, j'allais pouvoir me faire tranquillement une première idée de la situation. Je veux dire : quelle raison auriez-vous de vous méfier de moi et d'esquiver mes questions ?

— Aucune, bien sûr. Je ne suis pas concerné, et ma femme non plus. Encore une fois, monsieur Gansberg, Guila et moi n'avons aucune connaissance personnelle de cette triste affaire.

— *Triste* affaire ? Quand vous saurez ce qui s'est réellement passé, vous vous précipiterez sur ce bouquin pour trouver un autre mot.

Il désignait, posé sur la table où attendait mon roman, le dictionnaire des synonymes dont je me sers pour éviter les répétitions.

— Et encore, reprit-il, je ne suis même pas certain qu'il existe un terme pour qualifier *ça*. Quand j'en serai à rédiger mon papier, je m'efforcerai de pratiquer l'écriture la plus neutre possible. Sujet, verbe, complément. Pas de littérature, des faits.

Il s'approcha de la fenêtre du salon, écarta le rideau comme pour élargir son champ de vision et regarda au-dehors.

— De votre appartement, quelle vue a-t-on sur Austin Street ? Je veux dire : quelle vue sur Austin Street avez-vous *la nuit*, et plus précisément sur le trottoir d'en face ?

— Une vue parfaitement dégagée tant que les arbres n'ont pas de feuilles.

— Ce qui est actuellement le cas ?

Il n'avait pas besoin de moi pour constater que les arbres étaient encore dépouillés ; mais je suppose qu'il en est des journalistes comme des pêcheurs : chacun a ses trucs, ses stratégies, et la sienne consistait à amener la personne interrogée à prendre l'habitude de répondre automatiquement, sans se demander si la question posée était pertinente ou non.

Je lui confirmai que les arbres étaient nus. Il hocha la tête d'un air satisfait : j'étais un « client » docile, de ceux qui reconnaissent aux journalistes une sorte de supériorité sur le commun des mortels, et qui éprouvent à leur répondre le même plaisir enfantin et trouble qu'à cocher les cases d'un test ou à entreprendre une psychanalyse. A présent, il pouvait poursuivre sans crainte d'un blocage.

— La nuit, aucune lumière intempestive ne vient éblouir vos yeux ?

— A quel genre de lumière pensez-vous, monsieur Gansberg ?

— Eh bien, je ne sais pas... peut-être une gêne lumineuse occasionnée par la station du Long Island Railroad ?

— La gare ? On lui ferait plutôt le reproche inverse. Du moins après le passage du dernier train, vers une heure trente. Après, c'est un vrai trou noir.

— Et la pluie, le brouillard ?

— L'avenue est trop large, trop ventée pour que le brouillard s'y installe. Et il ne pleuvait pas la nuit du 13.

— Comment le savez-vous si vous n'étiez pas là ?

— Tous les pêcheurs sont attentifs à la météo. Quand j'arrive quelque part, je ne manque jamais de demander non pas le temps qu'il va faire – ça, je suis à peu près capable de le prévoir – mais celui qu'il a fait.

— Vous habitez au cinquième étage. S'il se produisait quelque chose d'anormal dans l'avenue, l'entendriez-vous ?

— Vous pensez à un cri ?

— Un ou plusieurs.

— Ça dépend beaucoup de l'état du trafic, donc de l'heure : au milieu de la nuit, la circulation est moins dense et le bruit de fond plus assourdi. Il y a même parfois des plages de silence – enfin, de presque silence, la rumeur ne s'éteint jamais tout à fait. Si quelqu'un se mettait alors à crier, eh bien oui, je crois que je l'entendrais. Mais il faut aussi tenir compte des fenêtres : ouvertes ou fermées ? Moi, je dors la fenêtre ouverte, ce n'est sûrement pas le cas de tout le monde ici, les gens de l'immeuble sont en majorité plus près de soixante ans que de quarante, c'est un âge où on commence à apprécier un appartement douillet, un lit tiède. Avec une fenêtre fermée, surtout si c'est un de ces doubles vitrages comme on en voit maintenant de plus en plus, il faudrait que la personne qui crie dans la rue pousse un vrai hurlement.

Gansberg dit que ç'avait dû être le cas dans les premières minutes de l'agression.

Ensuite, les coups de couteau avaient été si nombreux et la souffrance si atroce que les cris s'étaient probablement mués en plaintes plus ou moins étouffées. Des couinements, précisa-t-il en reprenant l'expression employée par le légiste qu'il avait longuement interrogé, quelque chose de comparable aux jappements d'un petit chien désolé. A priori peu audibles depuis des appartements relativement distants et aux fenêtres closes, n'est-ce pas ?

— Je ne comprends pas très bien ce que vous cherchez à savoir, monsieur Gansberg.

— J'essaie seulement de me faire une idée de ce que les gens ont pu entendre. Ou plutôt de ce qu'ils ont *cru* entendre. Certains témoins ont dit aux enquêteurs que l'agression pouvait ressembler à une querelle d'amoureux.

— Des témoins ? Quels témoins ?

— Ceux qui habitent l'immeuble où vous vivez. Vos voisins de palier, ceux du dessous, ceux du dessus.

Je m'approchai à mon tour de la fenêtre. De l'autre côté d'Austin Street, le petit édifice à toit pentu où avait vécu Kitty, colombages et fenêtres plus hautes que larges, avait, sous la pluie grise qui le griffait de fines rayures, l'air de sortir d'un vieux documentaire sur les villages anglais du Kent ou des Cotswolds.

— Je ne vois pas de quoi ils pourraient témoigner. Si ce qu'on m'a raconté est exact – et pourquoi mes propres voisins ou mes amis du *Old Bailey's* me mentiraient-ils ? – on a trouvé Kitty Genovese gisant dans l'entrée de son immeuble où elle cherchait vraisemblablement à se réfugier. La course désespérée du petit lapin blessé pour s'enfouir dans son terrier, quelque chose comme ça. Or vous remarquerez que, d'ici, cette entrée est invisible – et pour cause : elle s'ouvre sur l'arrière du bâtiment.

— Et qu'est-ce que vous en déduisez ?

— Que personne n'a rien vu, dis-je. Ou presque rien.

Il fit une légère grimace en avalant son café qu'il avait laissé refroidir. Regrettant sans doute de n'avoir pas opté pour le chablis. Il croqua dans un des biscuits à la cannelle que Guila avait disposés en pétales autour de chaque tasse.

— Mais alors, dit-il, comment expliquez-vous que la police ait pu reconstituer précisément ce qui s'est passé entre 3 h 15, heure du début de l'agression…

— L'heure profonde, Gansberg (j'avais laissé tomber le « monsieur », si ça continuait j'allais bientôt l'appeler Martin, et pourquoi pas Marty), les insomniaques ont trouvé le sommeil, les lève-tôt sont encore endormis. Dehors, il fait nuit noire. Bruit de fond comme un ressac lointain. Phase 3 du sommeil : les dormeurs sont isolés presque totalement du monde extérieur, muscles relâchés, respiration lente et régulière, température corporelle abaissée, il faudrait les secouer rudement pour les réveiller – et vous prétendez que des gens aussi profondément endormis se seraient levés pour voir qui étaient les deux amoureux qu'ils croyaient être en train de se quereller sous leurs fenêtres ?

— Je ne prétends rien du tout, se défendit le

reporter. Je me fonde sur le rapport des flics. Ils ont reconstitué les faits minute par minute. Geste par geste. Comment ont-ils pu parvenir à une telle précision, d'après vous ?

— Le tueur est passé aux aveux, non ? Il a tout raconté. Les détails, c'est lui qui les a donnés. Il était le mieux placé pour ça, pas vrai ?

— Parce que vous croyez qu'il pensait à regarder sa montre pendant qu'il s'acharnait sur Kitty Genovese ? Au point de relever le passage d'un citybus de la ligne Q-10 à l'angle d'Austin et de Lefferts à 3 h 35 précises ? Ou bien de savoir exactement ce qu'avait fait sa victime pendant le court instant où il l'avait laissée toute seule pour aller déplacer sa voiture ? Ces informations, et bien d'autres, n'ont pu être données à la police que par des témoins directs – des témoins visuels et auditifs. Ils se sont d'ailleurs confiés à l'inspecteur Lussen et au lieutenant Jacobs sans qu'il ait été besoin de les forcer.

Il marqua un temps, reprit :

— D'après le rapport des flics, ils étaient trente-huit. Trente-huit témoins, hommes et femmes, à assister pendant plus d'une demi-heure au martyre de Kitty Genovese. Bien au chaud derrière leurs fenêtres. Certains entortillés dans une couverture, d'autres qui avaient pris le temps d'enfiler une robe de chambre. Aucun n'a tenté quoi que ce soit pour porter secours à la pauvre petite. Pas même un coup de téléphone. Non, même pas ça. A 3 h 50, l'un d'eux s'est enfin décidé à appeler la police. Il y avait une voiture en patrouille pas très loin, il ne lui a fallu que deux minutes pour arriver sur les lieux. Il était trop tard.

Guila se leva brusquement pour remporter le plateau à la cuisine. Ce n'était pas qu'il nous gênait, mais ma femme a besoin d'être seule quand elle n'en peut plus de quelque chose. C'était le cas. Elle s'est excusée d'un sourire, son pas s'est accéléré au fur et à mesure qu'elle s'éloignait, elle courait presque en entrant dans la cuisine, elle a dû heurter quelque chose, elle a envoyé valdinguer le plateau, j'ai entendu le bruit des trois tasses qui se brisaient en tombant, et puis j'ai entendu Guila qui vomissait dans l'évier.

Le 27 mars, soit quatorze jours après la mort de Kitty, le *New York Times* publia à la une l'enquête de Martin Gansberg.

C'était à vrai dire moins une enquête qu'un éditorial. Une sorte d'équivalent moderne, urbain, new-yorkais, du *J'accuse !* de Zola. Sauf qu'ici ceux qui étaient montrés du doigt n'étaient pas de hautes autorités civiles et militaires comme dans l'affaire Dreyfus, mais au contraire des gens simples, pour la plupart retirés des activités professionnelles, tous citoyens respectueux jusqu'au scrupule des lois de leur pays, aucun des habitants de Mowbray House ou de West Virginia Apartments n'ayant jamais eu le moindre ennui avec la justice, aucune de ces excellentes personnes n'ayant même écopé d'une amende pour excès de vitesse ou pour avoir imprudemment traversé la chaussée en redevenant piéton.

Martin Gansberg avait rencontré et interrogé ceux qui figuraient sur le rapport de police comme ayant été chez eux la nuit du 12 au 13 mars, et dont au moins une des fenêtres de l'appartement qu'ils occupaient donnait sur tout ou partie de la scène du crime.

Tous lui avaient répété ce qu'ils avaient déjà dit aux enquêteurs du 112e District.

Et maintenant, ils attendaient d'être convoqués comme témoins pour le répéter une fois encore – ils espéraient bien que ce serait la dernière – devant le tribunal qui allait juger le monstre qui, sous leurs yeux, avait torturé, violé et tué leur si charmante jeune voisine.

L'article eut un retentissement que personne n'aurait imaginé.

Pourtant, que pesait le meurtre de Kitty Genovese, banale petite Italo-Américaine du Queens, face à l'assassinat de Janice Wylie et d'Emily Hoffert, deux jeunes filles emblématiques du rêve américain, qui se préparaient à faire une brillante carrière, Janice dans le journalisme, Emily dans l'enseignement ?

Devenu l'enquête criminelle la plus coûteuse de l'histoire new-yorkaise, le meurtre de la blonde Janice et de la brune Emily, sauvagement poignardées dans leur appartement de l'Upper East Side, un des coins branchés de Manhattan, le 28 août 63 – au moment même où Martin Luther King, au Lincoln Memorial de Washington DC, s'écriait *I have a dream !* – ce meurtre non élucidé n'avait pour ainsi dire jamais quitté la une des tabloïds. Dans les grands quotidiens eux-mêmes, l'affaire Wylie et Hoffert faisait jeu égal avec les révélations de plus en plus troublantes des journalistes d'investigation sur l'attentat contre Kennedy. *Le crime le plus célèbre de l'histoire new-yorkaise attend toujours sa solution*, titrait le *New York Herald Tribune* le jour où Kitty s'était effondrée sous les coups de couteau de son agresseur.

A ma grande surprise, comme à celle, je suppose, des placides habitants de Kew Gardens, et bien que Janice Wylie eût été à la fois une ravissante blonde et la nièce de l'auteur de best-sellers Philip Gordon Wylie – moins jolie et socialement plus en retrait, Emily Hoffert ne provoquait pas tout à fait le même engouement médiatique –, l'affaire Genovese dépassa alors en notoriété celle de Wylie et Hoffert.

Kitty, « notre » Kitty, allait désormais faire la course en tête du hit-parade des innocentes victimes.

Tandis que le service *Letters to the Editor*[1] du *New York Times* était submergé par des milliers de lettres scandalisées, certaines maculées d'éclaboussures de vomi que l'auteur (de la lettre et des salissures) avait soulignées ou entourées d'un épais trait de plume pour bien montrer le dégoût provoqué en lui par l'article de Gansberg (bien entendu, ce n'était pas l'article qui était nauséeux mais les révélations qu'il contenait), d'autres représentants de

1. L'équivalent du Courrier des lecteurs.

l'information investissaient Kew Gardens – *envahissaient* serait d'ailleurs plus juste.

Les cars émetteurs des chaînes de radio et de télévision occupaient la moindre surface libre du macadam. Tels de gros bourdons grésillants, ils étaient arrivés en se dandinant lourdement jusqu'à l'entrée du parking du Long Island Railroad, celui-là même où, le 13 mars, Kitty était descendue de sa petite voiture rouge pour aller vers la mort.

Une fois calés sur leurs vérins, les cars avaient hissé leurs antennes. Et les vendeurs ambulants avaient rappliqué, et dans leur sillage des gamins qui auraient dû être à l'école, des ouvriers de chantier avec des casques en plastique jaune, enfants noirs, maçons portoricains, marchands de saucisses brûlantes, cette sorte de gens dont la présence réchauffe nos tristes journées d'hiver – c'est mon avis, je sais que tout le monde ne le partage pas, mais je sais aussi que Kitty pensait comme moi –, enfants et adultes confondus dans une même fascination, applaudissant les camions comme s'il s'agissait de ceux d'un cirque en train de s'installer.

Et d'une certaine façon, c'était bien un cirque. Mais dont les projecteurs illuminaient une piste à présent vide. Les caméras ne fixaient plus le trottoir où Kitty avait été comme clouée par les coups de couteau de son agresseur, elles relevaient le museau pour se braquer vers les étages de Mowbray et de West Virginia.

Ça sonnait sans arrêt à notre porte. Des journalistes. Oh non ! disait Guila, cette fois c'est trop, ça suffit, mais il fallait bien leur ouvrir, c'était le seul moyen d'avoir la paix, ils avançaient subrepticement la jambe dans l'entrebâillement de la porte pour nous empêcher de refermer trop vite :

— Monsieur Koschel ? Madame Koschel ? Nous faisons un reportage sur ce qui s'est passé à l'aube du 13 mars et…

— Je n'étais pas chez moi le 13 mars. Ma femme non plus.

Les journalistes nous dévisageaient avec suspicion. Nous n'étions pas les premiers, et nous ne serions pas les derniers, à leur faire cette réponse. Mais nous, on pouvait le prouver : Guila et moi avions conservé nos billets d'avion, elle pour Bangor, moi pour Santa Fe – quel que soit le moyen de transport que nous empruntons, nous gardons systématiquement nos tickets pour Sammy, notre petit-fils, qui s'en sert pour jouer au *tour operator*.

Alors les reporters s'excusaient (enfin, certains d'entre eux), et ils nous demandaient si nous ne connaîtrions pas un ou deux témoins qui accepteraient de leur parler. Guila rétorquait qu'elle préférait ne pas savoir, ne *jamais* savoir qui, dans l'immeuble où elle habitait, s'était comporté avec une telle indifférence, oh ! vous pouvez carrément parler de lâcheté, madame Koschel, appuyait le journaliste, je comprends que vous n'ayez pas envie de partager l'ascenseur avec ces embusqués-là, mais d'un autre côté la vie continue, et vous serez bien obligée de les croiser à nouveau un jour ou l'autre – et le type jetait un regard gourmand sur notre intérieur, dites donc j'ai l'impression qu'on a une sacrée belle vue depuis votre salon, ça vous ennuierait qu'on fasse quelques photos du trottoir d'en face, juste entre la librairie et l'*Old Bailey's*, là où ce salaud l'a attaquée, histoire que les gens se rendent compte que les témoins avaient vraiment le nez dessus ?

A l'heure des journaux télévisés, les envoyés spéciaux (ils se composaient une mine de circonstance, les uns l'air effondré, la gorge nouée, les autres avec le rictus déterminé du justicier, du vengeur) s'alignaient avec Mowbray House en arrière-plan, chacun empoignait le micro entouré d'un quadrilatère de carton sur lequel figurait l'indicatif de sa station, WNBC, WGBH, WPIX, WQAD ou WRBW, chacun faisant face à son cameraman, et les projecteurs-torches s'allumaient, les sourires figés dans l'attente du 4, 3, 2, 1, top antenne !, le même pli de gravité pinçait le front juste entre les sourcils, ici Lena Krawocky depuis le 82-67 Austin Street, Queens, ce bel immeuble juste derrière moi, Mowbray House, où voici quinze jours, dans la nuit du 12 au 13 mars, la police estime que trente-huit personnes, en sécurité et bien au chaud derrière les fenêtres de leur appartement, ont regardé pendant plus d'une demi-heure une jeune femme de vingt-huit ans se faire poignarder à mort, poignarder et violer, sans qu'aucun de ces témoins ait tenté d'aucune façon de lui venir en aide.

Plus tard – oh ! bien plus tard : nous avions alors abandonné New York pour le Sagadahoc, Guila se rapprochait ainsi de Deborah qui venait de perdre son mari, et pour ma part je commençais à penser que ce ne serait pas une si mauvaise façon de quitter la scène que de mourir d'une attaque cérébrale ou cardiaque en pleine partie de pêche au saumon dans les eaux de la Kennebec River ou de l'Androscoggin –, certaines personnes affirmèrent que la passivité des trente-huit témoins avait été une attitude parfaitement réfléchie.

Les locataires de Mowbray, de West Virginia et du petit immeuble façon Tudor où résidait Kitty, n'avaient évidemment pas commandité ni provoqué le meurtre ; mais une fois celui-ci en cours, peut-être l'avaient-ils implicitement approuvé.

Cette apathie que l'opinion publique avait d'abord prise pour un monstrueux mélange d'indifférence et de lâcheté n'aurait-elle pas découlé d'une volonté délibérée : celle de tirer parti du passage inopiné d'un tueur – comme on profitait autrefois de l'arrivée en ville du barbier-chirurgien pour se faire tailler la barbe et arracher les dents pourries, ou de la tournée du bourreau pour se débarrasser des condamnés à mort qui encombraient la petite prison locale – pour punir Kitty de ce que ces bien-pensants considéraient comme des mœurs dévergondées ?

Au cours du mois de mars où Kitty fut assassinée, un cinéma new-yorkais spécialisé dans l'avant-garde (était-ce le Charles Theatre ou le 55th Street Playhouse, je ne sais plus, et qui s'en soucie ?) projetait un moyen-métrage de l'écrivain français Jean Genet, *Un Chant d'amour.*

Muet, en noir et blanc, un noir et blanc étonnant, à la fois terne et somptueux, comme certains tableaux vernissés qui donnent paradoxalement l'impression d'une peinture mate et terreuse, le film racontait en 25 minutes comment deux taulards, l'un étant un jeune homme, l'autre un quadra pas très ragoûtant, confinés dans leurs cellules respectives, réussissaient en glissant une simple paille ou une cigarette dans un petit orifice percé entre leurs deux réduits à faire une sorte d'amour.

Ce film, tourné en 1950, mais interdit au public par la censure française et par à peu près toutes les ligues de morale à travers le monde, était précédé d'un court métrage d'Andy Warhol (oh, vraiment très court : ça ne durait pas plus de trois minutes) intitulé *Andy Warhol films Jack Smith filming Normal Love*.

Il y eut une descente de police, le propriétaire du cinéma et son projectionniste furent arrêtés, les deux films saisis. Guila et moi fîmes partie des quelques spectateurs – nous n'étions pas si nombreux dans la salle – à être emmenés au poste pour interrogatoire. Si nous ne fûmes pas menottés, c'est probablement qu'il n'y avait pas assez de bracelets pour tout le monde.

A cette époque, il suffisait de manifester de la sympathie envers n'importe quel mouvement homosexuel pour s'attirer des ennuis. On laissait proliférer les boutiques de revues porno sur Times Square, mais on ne tolérait pas qu'une petite salle marginale projetât un film montrant deux hommes – ou deux femmes – qui s'aimaient et le revendiquaient.

Guila et moi n'étions pas venus pour les idées que défendait le film, mais pour son esthétique, sa lumière, et pour tout dire sa photographie à laquelle, bien qu'il n'en fût pas crédité au générique, avait collaboré Jean Cocteau, un poète français comme Jean Genet, et dont Guila avait présenté certaines œuvres dans *The Jewish Press*.

Dans le bus du NYPD où on nous avait fait monter, je crois me souvenir d'avoir aperçu une personne gracieuse et frêle, avec des cheveux noirs, des sourcils fournis et une triangulaire petite bouche de chat, et d'avoir chuchoté à Guila : « Est-ce que ça ne serait pas notre jeune voisine qui habite de l'autre côté de la rue ? Comment s'appelle-t-elle déjà ? » Et j'entends encore ma femme me répondre qu'en effet cette jeune femme ressemblait fort à Kitty Genovese – mais Guila avait ajouté que ça n'était vraisemblablement pas elle, car il était douteux qu'une fille comme la petite voisine (est-ce qu'elle ne travaillait pas la nuit dans un bar ? Oh, Guila ne disait pas ça de manière désobligeante, bien sûr, notre fille Deborah avait elle aussi commencé par mener une vie plutôt volcanique) s'intéressât à des films aussi exigeants que ceux de Jean Genet ou d'Andy Warhol.

En tout cas, l'idée ne nous avait pas effleurés que Kitty Genovese, si du moins c'était bien elle, ce dont nous n'eûmes jamais confirmation, eût pu être attirée par le thème homosexuel d'*Un Chant d'Amour*.

Comment aurions-nous pu deviner qu'elle fréquentait des bars où se retrouvaient les femmes qui aimaient les femmes ?

Le *Swing Rendez-Vous* dans MacDougal Street ou le *Seven Steps* dans Houston n'étaient pas des endroits radieux, mais il en émanait quelque chose de rassurant qui devait beaucoup à la présence jour et nuit d'un videur énorme et taciturne, et plus encore au va-et-vient incessant des hommes de la mafia qui contrôlaient le *Swing* comme 90 % des bars homo de New York.

Là, Kitty se sentait protégée.

Elle avait rencontré la ravissante Mary Ann dans la pénombre du *Seven Steps*, mais elle préférait le *Swing Rendez-Vous*, creusé comme une niche aux odeurs de chandelle, d'humus et de tanins, dans le flanc d'un vieil et solide immeuble en briques qui datait du temps des immigrants, un immeuble que ses ancêtres Genovese avaient peut-être admiré lorsqu'ils avaient débarqué du navire qui les amenait d'Italie et s'étaient enfoncés dans la ville en chantant.

— J'aimerais tellement te revoir, avait dit Kitty.

— Le problème, c'est que je n'ai pas le téléphone.

Et Mary Ann avait rougi – ce qui chez elle se traduisait par un léger voile rose dragée sur ses joues – craignant que Kitty ne prît cet aveu pour une dérobade. Mais quand elle regagna sa chambre ce soir-là, un mot de Kitty l'attendait : celle-ci avait réussi à trouver son adresse, et elle avait glissé ce papier sous sa porte pour la prévenir qu'elle l'appellerait à une heure du matin à la cabine publique au coin de sa rue.

Du bouquet à deux fleurs qu'elles avaient aussitôt formé, Mary Ann était la corolle blanche épanouie, un camélia peut-être, sa petite amante brune tenant davantage du fin bouton de rose lancéolé.

Si les jeunes filles vivaient en couple dans l'appartement de Kew Gardens (un lit pour deux – le fameux canapé-lit que s'étaient coltiné Tony Corrado et son neveu –, elles prenaient leur douche ensemble, chahutaient sous l'eau tiède, on les entendait rire et crier quand elles jouaient à *Psychose*, des odeurs délicieuses se glissaient sous leur porte, Kitty enseignait des recettes de cuisine à Mary Ann, elle rêvait de prendre celle-ci avec elle lorsqu'elle ouvrirait son restaurant italien à New Canaan, Mary Ann était si belle, les clients viendraient autant pour elle que pour les pâtes ou la polenta), elles gardaient leurs distances dès qu'elles étaient à l'extérieur, ne s'embrassaient jamais en public, évitant même de se prendre la main. Mais elles se promenaient ensemble aussi souvent qu'elles pouvaient, elles se précipitaient l'une vers l'autre quand elles s'apercevaient, en sorte que cela avait peut-être suffi à les faire cataloguer comme lesbiennes.

Etait-ce à cause de cela que trente-huit de ses voisins avaient condamné la petite Kitty ?

Et si c'était le cas, pourquoi elle et pas sa complice ?

Ah oui, bien sûr, il aurait fallu l'intervention d'un autre tueur – et après la mort de Kitty, il ne s'en était plus présenté un seul…

D'ailleurs, était-il nécessaire d'infliger à Mary Ann le même supplice que celui qu'avait subi sa partenaire ? Elle était bien assez punie comme ça.

La douleur qu'elle avait ressentie en perdant Kitty avait été à la mesure de l'amour qu'elle lui avait porté – immense.

Mary Ann s'était retrouvée dans la solitude. D'habitude, quand un de leurs membres est en difficulté, les groupes minoritaires se resserrent autour de lui. Surtout dans la communauté homosexuelle new-yorkaise où la solidarité – au moins affective – n'est pas un vain mot.

Or, au lieu d'entourer Mary Ann, ses amies lesbiennes s'étaient écartées d'elle : assaillie par les journalistes (ce fut presque indécent au moment du procès), surveillée sans répit par la police, la jeune fille était devenue compromettante pour une collectivité dont l'un des principaux soucis était de se faire remarquer le moins possible.

Il n'y avait pourtant aucune raison de se défier de Mary Ann : malgré les pressions dont elle était l'objet de toutes parts, elle refusa toujours de parler, ne laissant rien transparaître de ce qu'avait été sa liaison avec Kitty. Plus on voulait savoir, plus elle se dérobait, se réfugiait dans le mutisme. Elle à qui personne ne portait secours construisit un très beau silence autour de Kitty, un jardin de silence pour protéger la pudeur, la réputation de Kitty comme si celle-ci eût été encore vivante.

Une autre raison de ne rien dire de sa jeune amante, c'était qu'elle aurait dû employer des mots funèbres, parler d'elle au passé, un passé définitivement révolu, et Kitty ne méritait certainement pas d'être reléguée dans ce genre de passé.

Malgré la jolie bouche close de Mary Ann, Kitty Genovese n'en devint pas moins une icône.

Des femmes pieuses disposèrent sa photo – cette image d'elle si pure dans sa robe de percale blanche – au pied de la Sainte Vierge dans les églises catholiques de Mulberry Street, de Newark, dans la chapelle St. Paul de l'Université de Colombia, on l'accrocha comme un ex-voto aux murs des épiceries italiennes de la 2ᵉ Avenue, de Lexington, de Front Street, et elle figura dans d'innombrables trattorias de Little Italy, au-dessus du comptoir entre des cartes postales de l'Etna, du lac de Côme ou du pont sur l'Arno.

Cour suprême du Comté de Queens,
New York, 11 juin 1964

— *Quels sont vos noms et adresse ?*

— *Winston Moseley, 133-19 Sutter Avenue, South Ozone Park, Queens, New York.*

Raide et ordinaire, bleui par les gaz d'échappement, tressé de rues qui soulignent les poches d'habitations comme de grosses piqûres apparentes, Ozone Park est à l'urbanisme ce que les jeans *stone washed* sont à une flanelle anglaise. Il y en a qui aiment. Qui sont fiers d'en être. Le prix Nobel de médecine Gerald Edelman, ou Tony Modica, ex-pizzaïolo sicilien, inventeur de la *Pizza Dance*, « celle qui unit les danseurs entre eux exactement comme les ingrédients d'une pizza deviennent dans la chaleur du four indissociables les uns des autres ».

Jack Kerouac aussi a vécu là, il y a corrigé ses innombrables versions de *Sur la route*, il habitait Cross Bay Boulevard, juste en face du *Glen*

Patrick's Pub, il écrivait sur une table de cuisine, de temps en temps il se levait pour aller plaquer quelques accords de jazz sur le piano que ses parents avaient rapporté de Lowell, il jouait la fenêtre ouverte, des fois il chantait à tue-tête, mais il pouvait brailler autant qu'il voulait, ça ne dérangeait personne, le grondement du boulevard couvrait sa voix de même que les odeurs d'essence étouffaient celles des *scampi fritti*, de l'origan, de la boulange.

C'était un secteur où l'immobilier n'était pas trop cher. Avec son salaire d'opérateur mécanographe, auquel s'ajoutait celui de sa femme Elizabeth, maintenant infirmière de nuit au Elmhurst Hospital, Moseley avait pu investir dans une maison de seize mille dollars.

Il y en avait des centaines comme la sienne sur Sutter Avenue. Des maisons étriquées, la plupart juchées sur une petite butte issue de leurs propres déblais que couronnait un escalier de cinq ou six marches – certains propriétaires creusaient leur petite butte comme un terrier, ils y aménageaient une resserre pour leurs outils, une vague buanderie, ils se gardaient bien de demander un permis de construire, ils bricolaient ça la nuit, et il arrivait que tout s'écroulât, non seulement la petite butte mais la maison avec.

Celle des Moseley était grise, bardée de zinc, de tôle ternie, elle faisait penser aux sourires métallisés des teenagers tristes. Elle n'avait d'attrait que pour Winston et Elizabeth qui savaient, eux, tout le chemin qu'il leur avait fallu faire avant d'en arriver là.

Jusqu'à l'arrestation de Moseley, on passait devant sans la voir. Mais depuis que l'affaire était remontée de la rubrique des faits divers à la une du *New York Times*, à égalité avec le vote sur les droits civiques et le duel entre Johnson et Goldwater pour la présidentielle de novembre, certains camions desservant les compagnies de fret aérien de JFK (c'était le nom de l'aéroport international depuis le 24 décembre 63, mais à l'époque de Moseley la plupart des gens continuaient de l'appeler par son ancien nom, Idle-wild, Idle en abrégé) faisaient un détour par Sutter Avenue exprès pour voir la maison.

Un photographe de presse était resté à l'affût plus de huit jours dans une vieille Packard grenat, sans doute dans l'espoir de prendre un cliché d'Elizabeth et de ses enfants – *La douce famille de l'Egorgeur*, aurait indiqué la légende.

Le photographe avait divisé sa voiture en deux, l'arrière où il dormait et prenait ses repas, l'avant où il planquait entouré de ses téléobjectifs. Avec une telle frousse de rater sa photo qu'il n'avait pas quitté une seule fois la Packard, se contentant d'entrouvrir une portière pour pisser dans le caniveau, pisser et le reste.

Un matin en rentrant de l'hôpital, Elizabeth avait noté que la Packard n'était plus là. Elle y avait vu le signe que la presse allait enfin reléguer en pages intérieures l'affaire dans laquelle son mari était impliqué.

Elle aurait voulu qu'un brouillard désespérant s'abattît sur le comté de Queens, les dissimulant aux regards des gens, elle et sa douleur, elle et ses enfants, elle et sa maison. Elle bénissait Winston d'avoir choisi ce quartier où il y avait très peu de commerces, juste le lot habituel d'épiceries et de laveries, ce qui obligeait Elizabeth à aller faire ses courses loin de Sutter Avenue, dans des coins où on ne la connaissait pas, où il n'y avait personne pour la dévisager avec une curiosité insistante comme si elle était affligée d'une infirmité rare.

Et le fait est : depuis qu'elle avait appris ce dont on accusait Winston, elle se sentait comme mutilée, amputée de cette part d'elle-même qui aurait dû pressentir, prévenir, guérir le mal qui, par bouffées, avait dévoré l'esprit de son mari.

Oh, Winston valait tellement mieux que ce qu'en disaient tous ces gens !

En plus de la maison, il s'était aussi offert une Corvair blanche de 1960, ainsi que cinq chiens de race, des bergers allemands. Sans être un nanti, et il n'avait jamais ambitionné d'en devenir un, il était plutôt bien parti dans la vie quand tout ça était arrivé. Mieux que bien parti, en vérité, pour un Noir qui n'avait alors pas trente ans.

Il avait été un époux et un père tellement dévoué. Jusqu'à ce qu'un orage éclate dans sa tête et remplace tout l'amour, toute la tendresse dont Elizabeth le savait capable, par ces pulsions irrésistibles qui lui avaient fait commettre des actes épouvantables.

Il n'y avait pas que les maisons à être relativement bon marché à Ozone Park. La vie l'était aussi : les risques d'être l'objet d'une agression y étaient deux fois plus élevés que n'importe où ailleurs aux Etats-Unis, ceux de se faire dépouiller frôlaient le triple de la moyenne nationale, et la probabilité d'être victime d'un meurtre était de l'ordre d'une fois et demie.

Seules les tentatives de viol étaient inférieures à la norme.

Peut-être parce qu'Ozone Park avait toujours attiré les familles mafieuses, notamment celles d'origine méditerranéenne comme les Gambino, les Colombo, les Bonnano. Or les mafiosi éprouvaient envers les crimes sexuels une répulsion quasi génétique. Chez eux, ça ne se faisait tout simplement pas.

Mais Winston Moseley n'avait jamais fréquenté la mafia. Et le crime organisé ne s'était jamais soucié de lui.

— *Quel âge avez-vous ?*
— *Vingt-neuf ans.*
— *Vous êtes marié ?*
— *Oui.*
— *Vous avez des enfants ?*
— *Deux enfants.*
— *Savez-vous qui je suis ?*

— *Oui.*

— *Vous savez que je suis l'Assistant District Attorney*[1] *pour le comté de Queens ?*

— *Oui.*

— *Quel a été votre parcours scolaire ?*

— *J'ai un diplôme d'études secondaires.*

— *Dans quel lycée l'avez-vous obtenu ?*

— *Chadsey. C'est à Detroit.*

— *Depuis quand habitez-vous la ville ou l'Etat de New York ?*

— *Il y a dix ans que je suis de retour à New York. C'est là que je suis né, à Harlem, au Harlem Hospital.*

— *En quelle année vous êtes-vous marié ?*

— *Une première fois en 1954. Après j'ai divorcé, et je me suis remarié en janvier 60.*

C'était aussi l'année où était sortie des usines Chevrolet la Corvair blanche qui allait devenir sa voiture de chasse. Celle à bord de laquelle Moseley, la nuit, cherchait, repérait et suivait une proie à sa convenance. C'est-à-dire une femme qui ne se défendrait pas. Il n'aimait pas que ses victimes se débattent. Il n'aimait pas les victimes vivantes, ni même agonisantes. Au contraire de tant d'autres tueurs, il n'éprouvait aucune excitation à sentir une vie devenir filante et puis s'en aller.

Il jouissait pleinement des victimes mortes.

---

1. Equivalent d'un substitut du procureur.

Il avait parfois regretté d'avoir acheté la Corvair blanche. Plus compacte, plus fine, moins surchargée de chromes que la plupart des autres voitures américaines, la Corvair avait une ligne qui ne passait pas inaperçue. Ce n'était donc pas le genre de voiture qu'aurait dû conduire un tueur.

Et qu'elle fût blanche n'avait fait finalement qu'empirer les choses. Le blanc est peut-être un bon camouflage dans la neige, mais pas dans la nuit. Des tests ont été faits, qui ont tous abouti au même résultat : si l'on gare une voiture blanche sur un parking où stationnent déjà une cinquantaine de véhicules de toutes les couleurs imaginables, du jaune soleil au bleu électrique, en passant par le rouge des voitures de course italiennes, c'est la voiture blanche qu'un observateur remarquera avant les quarante-neuf autres.

Heureusement, il y avait les nuits où il neigeait.

Il était tombé pas mal de neige la nuit d'Annie Mae Johnson. Peut-être une trentaine de centimètres qui s'étaient ajoutés à ceux des précédentes chutes. C'est pour ça que Moseley n'avait pas hésité à garer sa Corvair tout près du domicile de la jeune femme – une maison qui ressemblait à la sienne, avec un toit dont la pente était à peine suffisante pour permettre à la neige de s'évacuer par gros paquets flasques.

Sa seule inquiétude était que les gens, quand il neige, ont tendance à regarder fréquemment au-dehors pour vérifier si les flocons continuent de tomber, pour apprécier l'épaisseur de la couche, ou tout simplement pour s'extasier devant la façon dont la neige transfigure la plus morose des rues.

Mais à cette heure de la nuit, les voisins d'Annie Mae – dont il ignorait encore qu'elle s'appelait ainsi – devaient dormir.

Annie Mae s'était rangée devant sa maison. Elle n'avait que la largeur du trottoir à franchir pour atteindre sa porte, mais elle dut d'abord retrouver ses clés au fond de son sac, et elle perdit un peu de temps à les chercher. Ce qui permit à Moseley de couper le contact de sa Corvair, d'éteindre les phares, d'ouvrir silencieusement sa portière et de s'approcher de la femme. Il était curieux de découvrir à quoi elle pouvait bien ressembler. Quand il avait glissé la Corvair dans le sillage d'Annie Mae, il n'avait presque rien vu de son physique. Elle était juste une silhouette sombre derrière un volant. Mais ça n'avait pas décontenancé Moseley – il ne faisait pas partie de ces cinglés qui fantasment sur un genre de fille tellement particulier qu'ils restent des mois, voire des années, avant de débusquer la proie de leurs rêves.

Moseley était un authentique prédateur, il tuait ce qui était consommable, c'est-à-dire des femmes, sans se soucier de l'esthétique de ses victimes. Le fauve qui a le choix entre un jeune gnou encore pataud et une gazelle qui semble voler comme une libellule au-dessus de la savane, ne va pas forcément égorger cette dernière au prétexte que sa course est plus gracieuse : c'est la quantité de viande qui compte, et surtout le moindre mal à se la procurer.

A défaut de le voir arriver (Moseley l'approchait par-derrière, il venait dans son dos, sa tactique habituelle, mais Annie Mae n'avait évidemment aucune connaissance de la façon dont Moseley agressait les femmes), elle avait entendu le crissement de ses pas dans la neige.

Elle ne s'était pourtant pas pressée davantage de retrouver ses clés – de toute façon, il l'aurait rattrapée avant qu'elle puisse atteindre sa porte. Et elle n'avait montré aucune velléité de s'enfuir, aucun affolement quand Moseley lui avait demandé de l'argent.

Elle avait pourtant vu le pistolet qu'il tenait à la main. Mais dans l'idée d'Annie Mae, la menace d'une arme était indissociable d'une tentative de vol. C'était aussi normal que la roulette chez le dentiste. Aurait-elle donné son fric à un inconnu si celui-ci n'avait pas braqué sur elle le canon d'un automatique ? Certainement non !

D'un autre côté, elle n'avait pas imaginé non plus que son agresseur puisse tirer sur elle. D'ailleurs, il ne l'agressait pas réellement, il ne la touchait pas, il lui parlait à distance, elle ne savait même pas s'il avait l'haleine forte. Elle avait toujours été persuadée que ce genre de type puait la bière et l'oignon. Au cinéma, quand l'acteur qui tenait le rôle du salaud se mettait à vociférer sous le nez de sa partenaire, Annie Mae s'enfonçait instinctivement dans son fauteuil et détournait le visage comme pour échapper à son souffle fétide. Ce que faisant (et cette idée la fit sourire, car ça lui était arrivé pas plus tard que la veille) elle devait affronter l'haleine de son voisin de rangée, ce qui parfois ne valait guère mieux.

Elle fit ce que Moseley exigeait, elle lui tendit tous les dollars qu'elle avait dans son sac. Elle était très calme, elle ne mit aucune agressivité dans son geste, aucune hostilité dans son regard, elle était juste impatiente d'en finir.

Alors il tira sur elle.

Elle reçut deux balles dans l'estomac.

Ça ne lui fit pas très mal, enfin beaucoup moins que ce qu'elle aurait imaginé si on lui avait annoncé le matin même qu'elle finirait sa journée, et sans doute aussi son existence, avec deux balles dans le corps.

Le choc l'envoya valdinguer en arrière, avec une telle force qu'elle eut l'impression de décoller du sol, et elle retomba assise dans la neige.

Elle n'avait pas lâché son sac à main.

Elle se dit aussitôt qu'il allait tirer à nouveau. Il n'y avait pas d'autre alternative, ni pour lui ni pour elle. Elle avait vu son visage, il ne s'était pas collé de bas nylon sur la tête, pas de cagoule, pas de masque de carnaval, pas même des lunettes noires. Si elle le rencontrait à nouveau – une rencontre fortuite ou provoquée par la police – elle était sûre de le reconnaître. Il devait le savoir.

Quand il avait pressé la détente, le pistolet avait tressauté dans sa main ; et après le deuxième tir, le canon était resté légèrement pointé vers le ciel, il s'en échappait un mince ruban de fumée qui montait en ondulant comme pour se frayer un chemin à travers les flocons qui recommençaient à tomber – et elle vit qu'il le rabaissait lentement en direction de sa poitrine.

Mais il ne tira pas. Il semblait déconcerté. Peut-être à cause de la façon dont elle était tombée, pensa-t-elle. Il avait probablement prévu qu'elle s'abattrait sur le dos, bras en croix. Il n'aurait eu ensuite qu'à poser un pied de chaque côté de son corps, la surplombant à la verticale pour lui donner le coup de grâce.

Tandis que là, il devait la trouver ridicule, assise le cul dans la neige.

Il n'était pas un simple voleur, sinon il serait déjà loin, s'enfuyant avec les dollars qu'elle lui avait donnés. Il était venu pour accomplir quelque chose de violent, de fort, de tragique. Qui pouvait croire qu'il allait se satisfaire de la vision bouffonne d'une fille qui se gelait les fesses tout en perdant son sang ?

Malgré la torpeur qui la gagnait, et le bourdonnement d'oreilles, et ce goût de métal froid dans sa bouche, elle réussit à contrôler sa voix. Elle ne voulait laisser transparaître aucune animosité, aucune rancœur, aucune panique surtout, certains tueurs sont sensibles à la terreur qui s'empare de leurs victimes, ils disent qu'elle a une odeur qui les excite.

Annie Mae parla comme si, au lieu de sentir la neige en train de fondre sous son derrière, elle avait été paisiblement assise sur le sofa dans son salon :

— Je vous en prie, portez-moi à l'intérieur.

Il plissa les yeux. Il semblait surpris qu'elle soit encore capable de parler. A dire vrai, elle s'en étonnait elle aussi.

— Portez-moi à l'intérieur, répéta-t-elle. Il fait si froid, ici.

Le vent glacial qui soufflait de Jamaica Bay se renforçait maintenant de seconde en seconde, il couchait les bourrasques de neige presque à l'horizontale. Les flocons avaient perdu leur mollesse de duvet de cygne, ils se muaient en grésil, une mitraille de particules glacées qui crépitaient sur les voitures en stationnement.

Comme son agresseur ne réagissait pas, Annie Mae lui tendit les clés de sa maison.

— Il y a qui, là-dedans ? demanda Moseley en tournant un regard méfiant vers la maison.

— Personne.

— On va vérifier ça.

Oh non, pensa-t-elle, non, il faut juste qu'il ouvre, qu'il me porte à l'intérieur, mais surtout pas qu'il fouille – qu'arrivera-t-il s'il monte, s'il « les » trouve ?

Mais peut-être se contenterait-il d'explorer les pièces du rez-de-chaussée. Il ne pouvait pas prendre le risque de la laisser longtemps toute seule sur le trottoir, prête à hurler si une voiture passait dans la rue.

— Personne, répéta-t-elle, je vous jure.

Il lui avait déjà tourné le dos, elle l'entendait fourrager dans la serrure avec les clés.

Puis elle vit les lumières s'allumer une à une. La lampe du porche, celles de l'entrée, bientôt renforcées par les appliques de l'escalier. Il montait à l'étage.

Il ne resta absent que quelques minutes. Deux ou trois, peut-être. Aucune voiture ne passa dans cet intervalle.

Annie Mae avait essayé de se relever. Si elle parvenait à se mettre debout, elle réussirait peut-être à atteindre l'entrée de sa maison, elle grimperait l'escalier à quatre pattes s'il le fallait, et elle trouverait un moyen de l'empêcher de faire du mal à ceux qui dormaient à l'étage.

Mais elle ne put même pas se redresser. Les balles avaient-elles ricoché à l'intérieur de son corps et sectionné la moelle épinière ? Elle écarta sa veste afin d'examiner les blessures. Deux trous nets, propres, pas trop impressionnants. Mais elle savait que c'était au niveau des orifices de sortie que les lésions étaient les plus graves.

Elle sentait le sang tiède et poisseux dégouliner dans son dos, imprégnant son chemisier. Il s'en dégageait une odeur qui lui rappelait celle du vomi. Elle se demanda s'il était possible qu'une partie du contenu de son estomac ait été entraînée par les projectiles jusqu'à lui couler dans le dos. Elle ne se souvenait pas d'avoir jamais entendu parler d'une chose pareille. Mais peut-être n'y avait-elle pas prêté attention, n'envisageant tout simplement pas qu'une telle horreur puisse lui arriver.

— Eprouvez-vous du remords ou de la compassion quand vous pensez à Annie Mae Johnson ?
— Non.
— N'avez-vous pas appris par les journaux qu'elle avait des enfants ?
— Ça ne change rien…

Il avait su qu'elle avait des gosses dès qu'il avait tourné le bouton de porte et qu'il était entré dans la maison. Les enfants imprègnent les lieux où ils vivent d'une odeur spéciale. Une odeur textile, cotonneuse, mélange de draps moites et de petit linge sale, buée de lessive, repassage. Et l'hiver, en plus, il y a presque toujours ce relent de médicaments pour la gorge (eucalyptus), pour le nez (goménol) ; tout ça plutôt âcre, c'est une erreur de croire que les enfants sont sucrés – ils sont salés, tous les fluides qu'ils sécrètent sont salés : larmes, urine, suées fébriles.

Moseley avait lui-même des enfants, alors il devina tout de suite ce qu'il allait trouver à l'étage.

Sa propre maison, avec ses meubles pleins de gnons et ses mochetés inévitables posées ou accrochées ici ou là, donnait peut-être l'impression de ne pas valoir celle d'Annie Mae ; pourtant, à l'instar de milliers d'autres logements de Queens, toutes deux auraient pu sortir du même moule : deux pièces et une cuisine en bas, deux ou trois chambres et une salle de bain à l'étage. Et l'escalier entre les deux. L'escalier jamais comptabilisé comme une vraie pièce, et qui est pourtant la partie vitale d'une maison, le lien ou la frontière, ça dépend.

Là, c'était une frontière. Moseley l'avait en tout cas perçu comme tel. Une frontière que cette femme effondrée dans la neige (neige de plus en plus rouge autour d'elle, rouge qui virait au brun, puis du brun au noir) voulait lui refuser le droit de transgresser.

Parce qu'il y avait du monde là-haut. Ses gosses, à coup sûr.

Il se dit que la femme en bas dans la neige devait tendre l'oreille, folle d'angoisse à l'idée de ce qu'il allait faire. Elle s'en voulait sûrement de lui avoir demandé de la porter à l'intérieur. Si elle n'avait rien dit, il serait peut-être resté là à la regarder se vider de son sang. Elle aurait pu oublier sa présence. Se concentrer sur la mort qui l'envahissait. De toute façon, elle n'aurait pas tardé à perdre la vue. Au lieu de quoi, elle l'avait incité à entrer, elle lui avait même donné les clés pour ouvrir la porte. Comme elle devait se détester pour ça, pensa Moseley.

Il revint auprès d'elle, lui reprocha d'avoir menti : il y avait quelqu'un à l'étage.

Elle fit rouler ses yeux comme une pauvre folle, elle ouvrit grand la bouche pour crier quelque chose, mais il n'en sortit qu'un peu de mousse sanglante.

Il songea qu'elle allait mourir affolée, persuadée qu'il avait peut-être fait du mal à ses enfants. Un seul mot de lui aurait suffi à la rassurer. Mais au fond, n'était-ce pas une chance pour elle que de partir comme ça, tellement obsédée par ce qui avait pu arriver à ses gosses qu'elle se désintéressait complètement de son propre sort, ne se souciant même pas du salut de son âme – pas une fois elle n'avait invoqué le nom du Seigneur, ni n'avait esquissé le moindre signe de croix ?

Alors Moseley garda le silence ; et de nouveau il tira sur elle, quatre balles d'affilée.

Cette fois, les projectiles la renversèrent. Elle tomba enfin sur le dos, tandis que la neige autour d'elle fumait légèrement sous l'effet du sang chaud.

Il la souleva, la prit dans ses bras et la porta à l'intérieur comme une enfant endormie. Pas parce qu'elle l'en avait supplié tout à l'heure – quelle importance pour elle, à présent qu'elle était morte ? – mais parce qu'il serait plus à son aise chez elle, dans son salon tiède et confortable, pour prendre le plaisir qu'il s'était promis.

Une fois dans le salon, il la déposa sur le sofa, la déshabilla et s'allongea sur elle.

Mais il eut beau se trémousser, se frotter contre son ventre nu, il ne parvint pas à l'érection. Ce n'était pas faute de désir, pourtant : quand elle lui avait remis l'argent qu'elle possédait, il l'avait enfin vue de face, il s'était aperçu qu'elle était une Noire, et tellement son type de femme.

Alors il se laissa glisser le long du corps d'Annie Mae jusqu'à nicher son visage entre ses cuisses, le front posé sur la toison bouclée qui crissait. Elle avait laissé échapper un peu d'urine en mourant. Il l'essuya patiemment. Quand elle fut propre et nette, il la lécha. Il ne savait plus faire l'amour que comme ça. Il eut un orgasme.

C'était fini, il n'avait plus rien à faire ici.

Avant de partir, il décida d'incendier la maison. Il disposa un joli foulard sur les organes génitaux d'Annie Mae. Il l'enflamma. Il s'était imaginé que la toison un peu rêche s'embraserait comme de la paille, mais il l'avait trop mouillée de sa salive.

Il mit encore le feu à deux autres endroits du salon, puis il rentra chez lui.

Ces événements eurent lieu dans les tout derniers jours de février 1964, soit deux semaines avant le meurtre de Catherine Kitty Genovese.

Cour suprême du Comté de Queens,
New York, 11 juin 1964

— *Si vous aviez découvert ça avant – le fait qu'Annie Mae avait des enfants, je veux dire – l'auriez-vous tuée ?*

— *Je ne sais pas.*

— *Je voudrais m'assurer*, dit le juge Irwin Shapiro, *que je vous comprends bien, monsieur Moseley. Des témoins sont venus ici même, devant cette Cour, nous parler de votre amour pour les enfants.*

— *Oui, oui, j'aime les enfants.*

— *Alors, je vous repose la question : si vous aviez su qu'Annie Mae Johnson avait des enfants encore très jeunes, cela ne vous aurait-il pas dissuadé de la tuer ?*

— *Je n'en sais rien.*

— *Vous pouvez poursuivre, maître Sparrow.*

Sydney G. Sparrow était le défenseur de Winston Moseley. Pour l'instant, il était plutôt satisfait de la prestation de son client – les incohérences, pour ne pas dire les outrances de celui-ci, allaient servir la stratégie que l'avocat avait choisi d'appliquer, la seule ayant une chance d'aboutir à autre chose qu'une condamnation à mort : désarmer la loi et les jurés en faisant passer Moseley pour un malade mental, un schizophrène.

— Monsieur Moseley, dites-nous ce qui s'est passé après que vous avez tué madame Johnson ?

— Cette nuit-là ?

— Cette nuit-là et les jours suivants.

— Je suis rentré chez moi. Le lendemain, je suis allé à mon travail.

— Comme si de rien n'était ?

— C'est ça, oui.

— A chaque fois que vous commettiez un crime, vous retourniez à votre travail dès le lendemain ?

— Oui. Je suis toujours allé bosser.

— Est-ce que vous pensiez alors à ce qui s'était passé la nuit précédente ?

— Pas particulièrement, non.

— Vous ne vous sentiez pas concerné ?

— Pas vraiment.

— Et à propos de cette autre fille que vous dites avoir tuée en juillet 63, avez-vous lu la presse ?

— Oui.

— Vous avez lu le récit du crime dans le journal ?

— Oui.

— Et c'est par ce même journal que vous avez appris le nom de la victime ?

— Oui. Elle s'appelait Barbara. Barbara Kralik.

— *L'article mentionnait son âge ?*

— *Oui, quinze ans.*

— *Quand vous avez su qu'elle n'avait que quinze ans, avez-vous réalisé à quel point elle était jeune au moment où vous l'aviez…*

— *Non*, coupa Moseley, *je ne me doutais pas qu'elle était aussi gamine que ça. Et je n'avais pas vraiment remarqué non plus qu'elle était de race blanche.*

Moseley aurait pu passer pour un employé de compagnie aérienne. Pas un navigant, il n'en avait pas la prestance qui était encore un des critères de recrutement dans ces années-là, mais quelque chose comme un agent de comptoir, ou un de ces manutentionnaires des entreprises de catering qui alimentent les avions en plateaux-repas. Les gens liés au milieu de l'aviation, et en particulier les FBO[1], étaient nombreux dans le sud de Queens à cause de la proximité de l'aéroport. Des types de toutes nationalités, beaucoup ne parlaient encore qu'un anglais approximatif, certains étaient arrivés au terme de leur permis de séjour, ils avaient l'impression paradoxale que les agents de l'Immigration les repéreraient moins facilement sur la surface aéroportuaire où le rythme trépidant du travail et le brassage humain font qu'on y passe inaperçu plus facilement qu'ailleurs. C'est le syn-

1. *Fixed Base Operators* : personnes employées par les entreprises assurant le service des avions au sol.

drome des antilopes – vivre en immenses troupeaux au voisinage immédiat des lions, chaque animal pouvant se dire que ses chances d'être la prochaine victime du prédateur sont d'autant plus réduites que le troupeau sera nombreux. Sauf que Moseley était du côté des fauves.

— *Vous êtes mécanographe, c'est ça ?*
— *Je travaille sur une Remington Rand.*

Il troue les femmes comme il poinçonne les cartes perforées de sa machine, pensa un des jurés en regrettant que le règlement lui interdise de prendre des notes, car il était content de cette trouvaille et il avait peur de l'oublier quand l'heure viendrait enfin pour lui et les onze autres de se retirer pour échanger leurs impressions.

— *Pour le compte de quelle société ?*
— *Raygram Corporation, Mount Vernon, New York.*
— *Depuis combien de temps ?*
— *Ça fera dix ans ce mois-ci.*

D'après son patron, Moseley était un salarié modèle, travailleur, ponctuel, d'une propreté méticuleuse. Son employeur lui confiait parfois sa fille de dix-huit ans pour la ramener à la maison, et jamais Moseley ne s'était permis la moindre privauté envers elle.

Pour être à l'heure devant sa machine, Moseley

devait se lever avant le jour et affronter un trajet d'une vingtaine de miles sur un itinéraire généralement encombré, soit parfois une heure et demie derrière son volant. Le temps d'un film, exactement. Les images de New York derrière le pare-brise de la Corvair comme sur l'écran du cinémascope, avec une bande originale idéale sur l'autoradio : *Moon River*, thème sentimental de *Breakfast at Tiffany's*, film de l'année. La lumière des phares de la Corvair traversait la poussière de pluie au-dessus du Bronx Whitestone Bridge tel le faisceau d'un projecteur de cinéma, il voyait défiler, sautillant au rythme des cicatrices de l'asphalte, des visages blafards troués d'yeux noirs, chenilles processionnaires en route vers les métamorphoses incertaines d'une journée de travail.

Combien de ces larves, se demandait-il, ne rentreraient pas chez elles ce soir, entre-temps victimes d'un infarctus, d'une attaque cérébrale, d'une chute d'ascenseur, d'une intoxication alimentaire, d'une vengeance ? Il n'y mettait aucune arrière-pensée morbide, mais il savait, *et tout le monde savait*, qu'un certain nombre de New-Yorkais devaient disparaître chaque jour, alors il aurait aimé savoir combien de ces morts en instance il avait croisés aujourd'hui. Simple curiosité d'opérateur sur cartes perforées.

Pour se présenter devant la Cour, Winston Moseley portait une chemise blanche impeccablement repassée, à manches courtes parce que ce début du mois de juin était en passe de pulvériser tous les records de chaleur – on avait relevé 37° sous abri à Central Park.

C'était un beau parleur, il répondait d'une voix nette, détachant bien ses mots, s'exprimant avec assurance, sans jamais bredouiller ni se reprendre.

Pourquoi se serait-il troublé ? Ceux qui perdent contenance devant un jury sont ceux qui mentent, qui ont des choses à dissimuler. Winston Moseley n'avait rien à cacher : il reconnaissait les faits. Et pas comme un pauvre type las de se défendre et qui finit par baisser les bras, mais comme un homme responsable de ses actes et qui ne voit pas pourquoi il n'assumerait pas les faits qu'on lui reproche.

Ainsi que ceux dont il s'accusait sans qu'on lui ait rien demandé.

Ce meurtre, par exemple, qu'il affirmait avoir commis sur la personne de Barbara Kralik, l'adolescente de quinze ans, en juillet de l'année précédente. Les aveux de Moseley ne faisaient pas l'affaire de la police. Les flics étaient en effet persuadés d'avoir déjà arrêté l'assassin de Barbara, un certain Alvin Mitchell, dix-huit ans, membre d'un gang de Queens, qui avait reconnu les faits sans qu'on eût besoin de trop le bousculer. Un coupable idéal, ce Mitchell, si seulement il avait bien voulu se rappeler toutes les circonstances du drame ; or il s'embrouillait dans ses déclarations et ne cessait de se contredire. Tandis que Moseley, lui, se souvenait de tout avec exactitude. Il avait confié à son avocat des détails que la police n'avait pas divulgués et que seul le meurtrier de Barbara pouvait connaître.

D'ailleurs, pourquoi aurait-il menti à propos de Barbara alors qu'il avait dit la vérité sur la mort d'Annie Mae ?

Une vérité qui avait pourtant passablement embarrassé la police. Lors de son arrestation, Moseley avait raconté avoir tiré six balles sur Annie Mae ; or une première autopsie pratiquée sur la victime avait conduit à la conclusion que la mort avait été provoquée par des coups infligés avec un instrument genre lime ou gros tournevis. « Faux ! avait objecté Moseley. Votre légiste doit être aveugle ou imbécile pour confondre des blessures par balles avec celles que peut provoquer un tournevis. Moi, en tout cas, je sais bien que je me suis servi d'un pistolet. »

Il l'avait d'ailleurs assez regretté, les détonations ayant pu attirer l'attention du voisinage ; mais la neige avait apparemment contribué à étouffer le bruit des coups de feu, car aucune fenêtre ne s'était allumée dans la rue.

Troublé par les déclarations de Moseley, le coroner avait ordonné l'exhumation d'Annie Mae. Un examen du corps aux rayons X avait alors révélé la présence de projectiles restés curieusement enfouis dans les chairs de la jeune femme.

Moseley était un tueur, pas un menteur.

Mais le cas d'Alvin Mitchell devant bientôt venir devant les jurés, tout le monde avait l'air de penser qu'il était urgent d'attendre. De toute façon, ce n'était pas pour répondre du meurtre de Barbara Kralik, ni d'ailleurs de celui d'Annie Mae Johnson, que Moseley était jugé aujourd'hui.

Néanmoins, la description qu'il donnait de la mort de l'adolescente, de son agonie terrifiée dans sa maison familiale au cœur d'une rue tranquille de Springfield Gardens, pouvait aider à mieux cerner son *modus operandi*.

Moseley prétend avoir quitté son domicile pour s'engager sur Liberty Avenue, roulant lentement le long de l'Acacia Cemetery. Les formes noires des cerisiers se haussaient au-dessus du mur d'enceinte et agitaient leurs branches avec l'air de prisonniers essayant désespérément, derrière leurs barbelés, d'attirer l'attention des hommes libres. Moseley n'y avait vu aucun mauvais présage. L'idée d'être arrêté ne l'effleurait jamais. Quand il partait en chasse, tous ses sens étaient tendus vers la seule satisfaction de son désir, quelque chose se mettait en place dans son système mental qui lui faisait repousser et récuser toute autre espèce de pensée. Ce qui explique qu'il se soit longtemps satisfait de violer des femmes, faisant barrage à l'idée qu'il pouvait exister quelque chose de plus fort. Et puis, ce barrage avait cédé, sans doute lorsqu'une de ses proies avait perdu connaissance et s'était amollie dans ses bras, les yeux révulsés, la bouche ouverte sur une longue expiration un peu écœurante. Alors, la mort s'était imposée à lui.

A travers les vitres baissées de la Corvair lui parvenait l'odeur douceâtre des détritus que les gens balançaient par-dessus le mur, croyant sans doute le cimetière désaffecté – il est vrai qu'il en donnait l'impression avec ses tombes décapitées, étouffées sous une végétation devenue folle, et ses mausolées dont les vitres, quand elles n'étaient pas brisées, avaient été peinturlurées de noir pour empêcher les vandales de regarder à l'intérieur et d'être tentés de voler les ornements funéraires.

En se décomposant dans la touffeur moite de l'été, l'odeur des ordures ressemblait à celle des chairs en décomposition.

Plus tard, il devait être environ trois heures du matin, Moseley avait croisé à toute petite vitesse dans les rues de Springfield Gardens bordées de maisons individuelles. Celles-ci n'étaient guère plus grandes que la sienne, mais tellement plus pimpantes, avec pour la plupart un habillage de bardeaux de bois aux teintes raffinées, Moseley n'était même pas sûr de pouvoir dire le nom exact de certaines de ces couleurs, et un joli carré de gazon si parfaitement coiffé qu'on devait l'entretenir à la pince à épiler, on voyait bien que Springfield Gardens touchait aux quartiers chic de St. Albans et de Laurelton.

Il disait avoir observé attentivement chaque demeure, donnant au besoin un léger coup de volant pour mieux orienter la lumière de ses phares.

Même après avoir éliminé celles qui possédaient

une niche à chien ou dont la façade arborait de façon voyante la sirène d'un système d'alarme, il n'était pas facile d'apprécier la dangerosité potentielle d'une maison. Tous ses occupants étaient-ils profondément endormis ou bien l'un d'eux traînassait-il encore dans un bureau ou une cuisine donnant sur l'arrière et dont l'éclairage était difficilement repérable depuis la rue ?

Après une cinquantaine de cambriolages réussis sans anicroche, Moseley avait évidemment acquis une sorte de sixième sens. Mais cette nuit, son but n'était pas de piller une maison. Il était sorti pour tuer.

Il devait donc tout d'abord s'assurer de trouver une victime. La présence d'une femme dans une maison se trahissait par l'importance et l'éclat des parterres de fleurs, le côté fanfreluche de certains rideaux, les jouets d'enfants gisant sur l'herbe, la taille et le modèle de la voiture garée sur la rampe, et l'existence d'une corde à linge – ça, la corde à linge, c'était le plus révélateur, mais encore fallait-il pour la repérer entrevoir un peu de l'arrière de la maison, ce qui n'était possible que s'il y avait un espace assez large entre chaque petite résidence.

Moseley avait fini par remarquer une maison dont les critères semblaient correspondre à ce qu'il cherchait. Il avait alors rangé la Corvair le long du trottoir opposé, laissant le moteur tourner au ralenti. Puis, baissant la vitre, il avait humé l'air de la nuit pour analyser les senteurs qui pouvaient s'échapper de la maison. Il n'avait pas repéré l'odeur dangereuse du café signalant la présence d'un insomniaque. Juste celle d'un gazon fraîchement tondu.

Il était resté quelques minutes à étudier sa cible. Sans doute à cause de la chaleur de la nuit, une fenêtre était légèrement entrouverte. Dans une chambre, quelqu'un avait toussé. Une femme à la voix claire, ou peut-être une jeune fille.

Dégager un store fut pour Moseley un jeu d'enfant. Il eut à peine à se contorsionner pour entrer. Il avait un couteau à la main – un couteau de boucher à lame dentelée, avait-il précisé, qu'il avait emporté de chez lui en sortant.

Dans la pénombre, et compte tenu de la position dans laquelle Barbara était couchée, Moseley disait n'avoir pas reconnu tout de suite qu'elle était une enfant. Quand il s'en était aperçu, il était trop tard : la pulsion de meurtre était devenue trop forte, irrésistible.

— *Je l'ai dévisagée pendant de longues secondes, et je lui ai enfoncé mon couteau dans le corps. Mais pendant que je la poignardais, elle s'est si bien tortillée que la lame est ressortie. Alors j'ai mis ma main sur sa bouche et je l'ai poignardée encore et encore. J'avais très envie de la violer, mais quelqu'un a fait du bruit dans la maison, et j'ai dû fuir.*

— *Aujourd'hui, un an après le drame, regrettez-vous ce qui est arrivé à Barbara Kralik ?*

— *Non.*

— Eprouvez-vous... comment dire ?... une forme d'apitoiement à son égard ?

— Non.

— Pourquoi avez-vous fait feu quatre fois dans le dos d'Annie Mae Johnson après lui avoir déjà tiré deux balles dans le ventre ?

— Pour être sûr qu'elle soit morte.

— Et pourquoi avez-vous poignardé Barbara Kralik à de si nombreuses reprises ?

— Je voulais la tuer. Un seul coup ne suffisait pas pour ça.

Guila avait mis ce que nous appelions sa tenue « empesée », une robe d'un bleu digne, qui ne froufroutait pas, qu'elle portait à l'occasion des mariages et des Bar Mitzvot (elle avait bien sûr une autre « empesée », celle-là d'un gris presque noir, qu'elle réservait aux enterrements), c'était sa façon à elle de rendre hommage à la petite Kitty.

Pour ma part j'étais en beige, chemise bleue, cravate club. Et j'avais acheté pour l'occasion de nouvelles chaussures : un acte quasi sacrificiel à mes yeux, tant je tiens pour absurde de dépenser des fortunes pour des souliers destinés à frayer parmi les crottes de chiens et les crachats qui étoilent les trottoirs. Même si Guila me répète depuis trente-sept ans que des chaussures élégantes et bien cirées sont un signe de raffinement – pour les autres peut-être, pas pour moi. Mais cette fois j'avais fait cet effort pour honorer moi aussi la mémoire de Kitty.

Nous n'avions pas loin à aller : la section criminelle de la Cour suprême du comté de Queens est située dans Kew Gardens même, 125-01 Queens

Boulevard. Guère plus de cinq cents mètres à couvrir, Guila à mon bras, sous le soleil déjà chaud d'un matin de juin. Je fredonnais le *Menuet* de Haendel. Sifflant entre mes dents, ce qui déplaisait à Guila : « Ne dirait-on pas que tu portes un dentier ? me grondait-elle. Si tu as envie de chanter, ouvre la bouche et chante donc ! »

Mais avoir envie de chanter m'aurait engagé tout entier, de mes cordes vocales jusqu'à mon âme, je n'étais capable d'un tel emportement qu'en de rares circonstances : lorsque j'entrais dans une rivière et que l'eau vive se ruait contre mes *waders*[1], quand je faisais siffler le jonc, voler la soie, et que je voyais le fuseau sombre d'une truite décoller du fond pour monter droit sur la mouche que je lui offrais ; tandis qu'en sifflotant entre mes dents, j'installais seulement une mélodie autour de moi à la façon de ces fumeurs de pipe qui s'entourent d'un nuage parfumé afin d'y cacher leur désarroi.

Malgré l'« empesée » de Guila et mes chaussures neuves, comme nous étions insignifiants, elle et moi, en regard de ce qui allait se jouer devant le tribunal ! Avions-nous seulement le droit, je parle du droit moral, d'être là ?

Guila, qui aime savoir comment les choses vont se dérouler, me demanda si j'avais la moindre idée de la façon dont ça se passerait quand nous aurions franchi l'entrée. Je lui dis que nous traverserions un vaste hall qui serait probablement grouillant de

1. Cuissardes de pêche.

journalistes et de gens désireux d'assister aux débats (mais eux, contrairement à nous, ne bénéficieraient d'aucun privilège pour entrer dans l'enceinte du tribunal), et que nous n'aurions qu'à nous présenter à une Noire maussade, sans doute un peu épaisse comme toutes ces filles qui choisissent un job où on porte l'uniforme parce qu'elles sont persuadées que ça leur donne une allure plus svelte, et qui, après avoir relevé nos identités et fait semblant de ne pas trouver nos noms sur sa liste, nous conduirait jusqu'à la salle d'audience où elle nous indiquerait où nous asseoir.

A condition, bien sûr, que Martin Gansberg ait tenu sa promesse de nous réserver des places sur les bancs de la presse. Peut-être avait-il pris cet engagement et l'avait-il oublié ensuite, accaparé qu'il était désormais par des enquêtes prestigieuses.

La première phrase de son article : *Pendant plus d'une demi-heure, trente-huit citoyens de Queens, respectables et respectueux de la loi, ont regardé un tueur traquer et poignarder une femme*, avait été reprise par tous les journaux américains, et ces mots étaient en passe de devenir aussi célèbres que l'incipit de *L'Enfer* de Dante : *Au milieu du chemin de notre vie, je me retrouvai dans une forêt obscure car la voie droite était perdue.*

Et du coup, Martin Gansberg lui-même était devenu une star.

La salle était encore aux trois quarts vide quand la jeune fille qui nous avait accueillis (c'était bien une Noire, mais tout ce qu'il y avait de souriante et pas boudinée le moins du monde) nous conduisit à nos places. Celles-ci étaient au dernier rang, ce qui n'était guère gênant dans la mesure où la salle était beaucoup plus petite que celles que l'on voit au cinéma dans les films de procès.

A peine assise, Guila nota que la pièce était d'une élégance de club anglais (tout ce qui était lambris d'acajou, tables, stalles, bancs, était impeccablement verni ou encaustiqué, et les couleurs du drapeau américain étaient d'une fraîcheur irréprochable), et elle regrettait que l'on ne puisse y prononcer des conférences sur Gorki au lieu de devoir y rendre la justice. Elle ajouta cette frustration au débit de Moseley qui, ce matin du 8 juin 1964, était peut-être l'homme le plus haï de New York.

Peu à peu, la pièce se remplit. Les places de l'accusé et de ses défenseurs, celles du procureur, du juge et des jurés, étaient encore vides, mais on avait déjà de quoi s'occuper, montrer du doigt, critiquer : des proches et des amis de Kitty (mais pas ses parents, ni sa sœur ni ses frères, qui avaient choisi de ne pas venir, soucieux de ne pas mêler la mémoire qu'ils avaient de Kitty à ce qui allait se dire ici d'atroce et de sordide) occupaient les travées situées dans l'axe de la table derrière laquelle allaient tout à l'heure officier les procureurs Frank Cacciatore et Charles Skoller, tandis que les membres de l'autre famille, celle de Moseley, se regroupaient derrière le camp de l'avocat.

Combien d'entre eux, de quelque parti qu'ils soient, assisteraient à l'exécution de Moseley, combien seraient à leur tour des témoins silencieux et passifs de sa peur, de ses souffrances (l'électricité tue mal), de sa mort, s'il était condamné à la peine capitale et si le verdict était appliqué ? Tous n'y seraient pas, car, compte tenu des nombreuses possibilités d'appel et de sursis, il pouvait s'écouler encore entre dix et quinze ans.

A dire vrai, Guila et moi, nous nous fichions pas mal de Moseley. Nous n'étions pas venus l'écouter raconter comment il avait torturé la pauvre Kitty.

Ce n'était pas pour reluquer ses mains de tueur, ni imaginer la violence avec laquelle il avait abattu son couteau de chasse, ni pour découvrir le son de sa voix, que nous avions annulé une semaine en Alaska dédiée à la pêche au saumon chinook – pour la première fois, Guila avait accepté de m'y accompagner, et c'était une magnifique preuve d'amour qu'elle me donnait, car elle appréhendait les nuits de bivouacs frisquets et enfumés, la voracité des moustiques, et le fait de devoir emprunter un petit hydravion instable pour gagner la Mulchatna River ou la Stuyahok.

Mais pour rien au monde nous n'aurions renoncé à entendre comment nos voisins allaient justifier leur silence, leur apathie.

La presse n'avait pas publié de noms, mais Guila et moi croyions à peu près savoir qui étaient les trente-huit. Jusqu'à présent, ils ne s'étaient pas exprimés. Ils restaient murés dans le même silence que la nuit du meurtre. Des stores et des rideaux opaques étaient même apparus pour masquer certaines fenêtres de Mowbray House et de West Virginia.

Quelques-uns, pourtant, avaient laissé deviner ce qu'allait être leur défense : « Oui, c'est vrai, j'ai entendu crier. Mais j'étais incapable de faire quoi que ce soit : j'étais terrorisée, mes mains tremblaient au point que je n'aurais jamais pu composer un numéro de téléphone. D'ailleurs, ça ne m'a même pas effleurée, j'avais bien trop peur pour seulement y songer. »

— Ils ne seront que quelques-uns à venir témoigner, nous confia Martin Gansberg en venant s'assurer que nous étions bien installés. Cinq ou six, pas davantage.

— Ils se défilent ? Pourquoi ? Est-ce qu'ils n'auraient finalement rien vu ni entendu ?

Cette hypothèse avait couru certains tabloïds : les fameux témoins épinglés par l'article du *NY Times* n'auraient existé que dans l'imagination de Gansberg et de Rosenthal, accusés d'être des bonimenteurs de foire ayant trouvé là un moyen d'attirer des lecteurs et de se faire mousser. Théorie contredite par le fait qu'aucun de ces soi-disant témoins n'avait protesté ni réclamé le moindre dédommagement pour s'être fait accuser de lâcheté et d'avoir une part de responsabilité dans la mort de Kitty.

— Les trente-huit existent, dit Gansberg. C'est en tout cas le nombre de ceux qui ont assuré avoir, cette nuit-là, vu ou entendu quelque chose en rapport direct avec la mort de Kitty. Possible que quelques-uns aient raconté ça pour se rendre intéressants, auquel cas je veux bien admettre qu'ils n'étaient peut-être pas tout à fait trente-huit. Mais possible aussi que certains qui disent n'avoir rien remarqué aient menti pour qu'on leur foute la paix, et alors ils étaient peut-être beaucoup plus de trente-huit à rester douillettement chez eux, les bras croisés, près de leur téléphone qu'ils n'ont pas décroché. Quoi qu'il en soit, le procureur a préféré n'en faire venir à la barre que quelques-uns, le moins possible. Car leur comportement a été si choquant qu'ils risqueraient de faire paraître Moseley un peu moins odieux qu'il n'est. Ils ne seront d'ailleurs pas interrogés sur l'attitude qu'ils ont eue : les questions qu'on leur posera auront pour seul but de convaincre les jurés que le tueur est bien Moseley.

— Qui peut en douter ? Il plaide coupable.

Gansberg secoua la tête. Il avait l'air écœuré de quelqu'un qu'on oblige à renifler quelque chose de particulièrement nauséabond :

— Il va surtout plaider la folie. Il ne réfute pas le fait d'avoir tué la petite, attendez-vous même à ce qu'il donne des détails à la limite de l'insoutenable. Mais il va tenter de persuader le jury qu'il n'était pas dans un état normal quand il a fait ça. Un malade mental n'est pas entièrement coupable de ce qu'il commet sous l'emprise de son délire. En tout cas, on ne l'envoie pas griller sur la chaise.

Les travées finissaient de se remplir. Les cinq ou six témoins dont Gansberg avait parlé entrèrent séparément et s'assirent sans chercher à se rapprocher les uns des autres.

Je reconnus, nous tournant le dos, Robert Mozer, Andrée Picq et Irène Frost qui étaient de notre immeuble. Il y avait aussi Sophie Farrar qui habitait le même bâtiment que Kitty, et Samuel Koshkin du West Virginia. Ils s'excusaient auprès des personnes déjà assises qu'ils étaient obligés de déranger pour gagner leur place. Ils étaient parfaitement courtois et discrets. Ce n'étaient pas eux qu'on allait juger. Eux, au sens le plus strict du mot, n'avaient rien fait.

C'est à Guila que l'on doit la traduction en hébreu et en yiddish de l'article que Maxime Gorki, le 8 août 1907, publia dans le magazine *The Independent* un article superbement écrit mais plein de mépris pour l'Amérique, et qu'il avait intitulé « L'Ennui ».

C'était à propos de Coney Island, l'immense parc de loisirs au sud de Brooklyn, le long de l'océan. Des amis américains y avaient emmené Gorki, alors en exil. Il avait visité la baraque des monstres (les habituels frères siamois, femmes à barbe et autres hommes à peau de serpent), fait quelques tours de manège à califourchon sur des chevaux de bois (en réalité, Gorki s'était retrouvé juché sur un éléphant peint en rose, un rose qui évoquait des fraises écrasées avec de la crème, une couleur écœurante par une aussi chaude journée d'été), il s'était promené dans un labyrinthe d'où il était ressorti par ses propres moyens, sans demander l'aide de ses amis américains.

Rien que de très banal, au fond.

Les choses s'étaient gâtées quand il était entré

dans une baraque où l'on présentait des mises en scène de ce qui attend les mortels dans l'Au-Delà. On y voyait un Enfer de carton-pâte où une jeune femme qui ressemblait à Alla Nazimova (que Gorki avait vue jouer du Tchékhov en Russie, souvenir pour lui impérissable) essayait un nouveau chapeau devant son miroir. Elle se plaisait, s'admirait, prenait des poses, souriait à son reflet.

Elle était alors empoignée par des démons qui, pour la punir de sa coquetterie, la précipitaient dans une fosse où frétillaient des flammes figurées par des langues de papier rouge animées par une ventilation.

Depuis quand les gens fréquentaient-ils des carrousels pour se faire une idée de ce qui les attendait une fois la tombe refermée sur eux ? s'était écrié Gorki, qui avait trouvé l'attraction détestable. Et qui, avait-il poursuivi, pouvait prétendre avoir la moindre idée de ce qui se passait après la mort, et si seulement il se passait quelque chose, et d'ailleurs en quoi était-il important de le savoir ?

— C'est pourtant la seule question qui vaut d'être posée, n'est-ce pas ? me chuchota Guila alors que le juge Irwin Shapiro faisait son entrée et que tout le monde se levait. Ce pauvre Gorki, il y a des fois, vraiment… Imagines-tu tout ce que Kitty Genovese aurait à nous apprendre si elle pouvait revenir parmi nous ?

A en croire les journaux, Kitty avait été une des plus merveilleuses filles à avoir jamais habité Kew Gardens. On saluait son courage de s'être installée dans le Queens alors même que ses parents quittaient New York pour New Canaan (en plus des problèmes professionnels du père, Rachel, la mère de Kitty, avait assisté à un meurtre perpétré pratiquement devant le domicile familial, et elle ne croyait pas pouvoir vivre un jour de plus à New York), on louait son ardeur au travail, on admirait l'énergie avec laquelle cette petite demoiselle d'un mètre cinquante-cinq pour cinquante-cinq kilos se démenait pour amasser suffisamment d'argent afin d'ouvrir bientôt son fameux restaurant, et la façon dont, en attendant, elle dirigeait et animait le *Ev's Eleventh Hour* où elle donnait le meilleur d'elle-même jusqu'à des deux ou trois heures du matin.

— Une fois passée de l'Autre Côté, reprit Guila, je suppose qu'elle a dû découvrir ce qu'il y a de vrai dans toutes les choses et dans tous les êtres. Pas une vérité relative comme ici-bas, mais *la* vérité éblouissante.

— L'insoutenable vérité, corrigeai-je.

— Parfaitement soutenable, au contraire. Pour quelqu'un de l'Autre Côté, bien sûr. Certainement, tu dois alors pouvoir lire dans la pensée d'autrui. Peut-être même dans son âme.

— Noire est l'âme de Moseley, dis-je. Ce procès le démontrera.

— Il démontrera que Moseley est un tueur, ce que nous savons déjà, et il répondra à la question : comment s'y est-il pris pour tuer Kitty, ce dont nous avons une idée assez précise. Ce qui, à mon avis, revient à faire dépenser beaucoup d'argent au contribuable pour pas grand-chose. L'essentiel est ailleurs : aujourd'hui, Kitty sait probablement *pourquoi* Moseley lui a fait ça. Pourquoi il n'a pas pu s'en empêcher. Et si la réponse à cette question est que Moseley est malade dans sa tête, alors il n'est pas impossible que Kitty lui ait pardonné depuis longtemps.

Ici, Guila marqua un temps. Elle avait parlé avec une précipitation dont elle n'était pas coutumière. Elle avait dû préparer son petit discours – qui n'était pas terminé, je le sentais – depuis un moment. Elle regarda autour d'elle comme si elle cherchait un verre d'eau. Il y avait bien une carafe et un verre, mais tout là-bas sur le bureau derrière lequel venait de prendre place le juge Shapiro, et donc aussi inaccessibles que l'Au-Delà de Kitty Genovese.

— Mais l'attitude de ceux qui ont regardé Kitty mourir comme s'ils suivaient ça à la télévision et qui n'ont rien fait, conclut Guila, cette attitude-là n'est pas une maladie. Non, la lâcheté et l'indifférence ne sont pas des maladies. Tu pourrais mourir mille et mille fois que l'Autre Côté de la vie ne t'apprendrait rien de plus sur cette lâcheté et sur cette indifférence. Elles font partie de nous, voilà tout.

— Tu veux dire qu'elles font partie de ces trente-huit salauds, rectifiai-je.

Je suppose que Guila avait une réponse toute prête, mais elle dut se taire car autour de nous plusieurs personnes commençaient à lancer des

« Chut ! » et des « Silence, voyons ! ». Mais je connais assez Guila pour deviner ce qu'elle aurait dit : « Non, Nathan, ces vilaines choses-là sont aussi en nous. »

Winston Moseley fut amené menotté au milieu d'une agitation policière qui nous dissimula son visage. Une fois assis, il ne nous présenta plus que ses épaules et sa nuque, et pas une fois il ne fit le geste de se retourner vers la salle où pourtant sa femme Elizabeth attendait, douloureuse, de croiser son regard.

En prenant place dans le box des témoins, Victor Horan, le serveur du *Ev's Eleventh Hour*, commença par rappeler que la nuit du 12 au 13 mars avait été la plus froide de l'année. Enfin, jusqu'à présent. Et s'il tenait à cette précision, c'est que ce détail avait de l'importance à ses yeux : de par ses origines italiennes, Kitty aimait le soleil, et qu'il fasse beau et chaud, alors Victor Horan imaginait ce qu'elle avait dû souffrir *de surcroît* en mourant dans cette nuit glaciale. C'était le genre de choses dont on ne croyait peut-être pas important de parler dans l'enceinte d'un tribunal, mais lui, Victor Horan, tenait à faire ce rappel de la nuit la plus froide.

Parce qu'il aimait beaucoup Kitty Genovese. Tout le monde l'aimait beaucoup, naturellement, mais lui l'aimait plus encore. « Ah ! vous auriez vu comme elle dansait bien ! On mettait la radio, ou un disque, et Kitty sortait de derrière son comptoir, et elle dansait pour nous. »

Il se rappelait cette nuit-là, il s'était attardé à la regarder partir. « Tu fermeras, Victor », avait-elle dit. C'était la dernière fois qu'il la voyait. Il n'en avait évidemment pas eu conscience, mais, maintenant qu'il y repensait, il se souvenait d'avoir eu l'impression jalouse qu'elle allait à un rendez-vous.

Elle n'avait pourtant pas changé de vêtements, ne s'était pas fardée – elle s'était au contraire démaquillée à l'office, au-dessus de l'évier, comme pour gagner du temps, comme si elle avait l'intention de se jeter dans son lit sans le passage habituel par la salle de bains.

Ce qui explique que les coulures de rimmel n'aient pas barbouillé son regard, que le rouge à lèvres n'ait pas bavé ni transformé sa bouche en un champignon rouge, et qu'elle soit entrée dans la mort avec ce visage de poupée de cire blanche et lisse.

Dans cette portion de la ville comprise entre Francis Lewis Boulevard à l'est et Jamaica Hospital à l'ouest, la température avait chuté de plusieurs degrés dès que la circulation automobile s'était fluidifiée, que les cuisines des gargotes chinoises, les grills des steakhouses et les fours à pizzas, avaient été mis en sommeil, qu'on avait éteint les enseignes, ramené au sol les ascenseurs (tout le monde était à présent chez soi, ou aurait mieux fait d'y être), débranché les fers à repasser, les mixeurs-batteurs, les friteuses électriques de 2 000 watts, les sèche-serviettes rayonnants ou soufflants.

Alors une bulle de tiédeur résiduelle s'était élevée au-dessus du comté de Queens, elle était entrée en contact avec le front froid que poussaient vers l'est les vents du New Jersey. La collision silencieuse avait provoqué un échange thermique d'où était né un premier courant d'air qui s'était renforcé en absorbant un autre courant d'air du même type, et puis un autre, et encore un autre, jusqu'à ce que tous ces souffles fassent un véritable vent qui, balayant les parties exposées du corps, les mains nues, le visage de Kitty, et le volet de fer de l'*Ev's Eleventh Hour*, avait donné cette impression d'un froid intense.

Au même moment, Elizabeth Moseley finissait de ranger sa cuisine. Elle ne se décidait pas à aller se coucher. Depuis le living où il suivait un film à la télévision, Moseley lui cria, et c'était au moins la troisième fois, de ne pas traîner afin de profiter au maximum de cette longue nuit complète qu'elle avait devant elle, ce qui ne se reproduisait que tous les douze jours – et encore, à condition que le tour de garde ne soit pas chamboulé par l'arrêt maladie d'une collègue.

Le choix que Winston et Elizabeth avaient fait de continuer à travailler tous les deux, lui le jour à la Raygram Corporation de Mount Vernon et elle comme infirmière de nuit au Elmhurst Hospital de Queens, les privait de se retrouver ensemble aussi souvent qu'ils l'auraient voulu avec les enfants qu'ils élevaient. Mais Elizabeth avait lu dans un magazine le point de vue d'un ornithologue affirmant que c'était précisément le partage alterné de la responsabilité parentale (l'un restant au nid pendant que l'autre s'envolait en quête de nourriture) qui rendait la plupart des oiseaux si fidèles, obligés qu'ils étaient de se faire confiance. L'assistante sociale de leur quartier les avait elle aussi rassurés : ce système du passage de relais était finalement plus frustrant pour eux que pour leurs enfants, lesquels sortaient gagnants d'avoir toujours un parent frais et dispos à leur service.

Cette nuit, Elizabeth dormirait bien – elle dormait toujours bien quand il faisait froid dehors et qu'elle savait toute sa nichée rassemblée à la maison.

Moseley baissa le volume de la télé pour mieux entendre le grincement du sommier quand sa femme se coucherait. Ensuite, il devrait attendre qu'elle soit profondément endormie pour quitter la maison et faire ce qu'il avait à faire.

Il ne s'était pas vraiment préparé à ce qui allait arriver cette nuit. Comment aurait-il pu organiser dans sa tête les détails d'un meurtre tout en discutant avec Elizabeth des chances qu'ils avaient l'un et l'autre de voir leurs salaires augmentés avant l'été ?

Il s'obligea à attendre encore. Elizabeth sortait souvent assez vite de son premier sommeil, elle s'asseyait sur son séant, les yeux écarquillés, se frottant la bouche et le menton comme quelqu'un qui a oublié quelque chose.

Constatant que Winston n'était pas à son côté, elle risquait alors de se lever pour le chercher. Elle entrerait dans le living. Et là, dévisageant son mari, elle s'étonnerait de lui voir ce regard, son *autre regard* qu'elle ne lui connaissait pas, que personne ne lui connaissait sauf peut-être une dizaine d'autres femmes qui n'en étaient pas mortes mais qui avaient bien failli, et qui ne l'oublieraient jamais.

Le film était à présent fini depuis longtemps et seuls des parasites crépitaient sur l'écran. Sans doute y avait-il encore des programmes en cours sur d'autres chaînes, mais Moseley en était arrivé au stade où les terribles images mentales qu'il se fabriquait surpassaient largement tout ce que la télévision pouvait lui offrir.

Après avoir vérifié qu'Elizabeth était profondément endormie, il se glissa jusqu'à la chambre où dormaient les enfants. Il se figea un instant dans l'encadrement de la porte pour les regarder. Il les trouva beaux, il sentit une bouffée d'amour l'envahir, il lutta contre l'envie de se pencher sur eux pour les embrasser (mais s'il les réveillait, il aurait toutes les peines du monde à les rendormir, et il finirait par être trop tard pour se mettre en chasse d'une femme à tuer), il se contenta donc de leur souhaiter tout bas de faire de beaux rêves, et que demain soit une bonne journée pour eux.

Après avoir soigneusement verrouillé la porte, il se dirigea vers sa voiture en espérant qu'elle allait consentir à démarrer. La Corvair blanche n'avait que quatre ans, autant dire rien du tout pour une Chevrolet. Mais cet hiver, sa batterie avait donné des signes de faiblesse, surtout quand il faisait froid comme cette nuit. Moseley faisait pourtant le nécessaire pour la maintenir bien chargée, il en faisait même beaucoup plus que la plupart des gens – toutes ces nuits qu'il passait à rouler, parfois quatre ou cinq heures d'affilée, à la même vitesse régulière, pas trop rapide mais pas trop lente non plus, une voiture qui se traîne attire l'attention de la police aussi sûrement qu'un bolide en excès de vitesse.

Moseley ne tenait pas à se faire arrêter par une patrouille. Il avait sur lui tous les documents requis pour conduire le véhicule, et les policiers pouvaient désosser la Corvair sans y trouver aucune trace de substance illicite, mais les questions que ne manqueraient pas de lui poser les flics risquaient de lui faire perdre le fil de ses pensées – ou plutôt de *sa* pensée, sa pensée unique, obsessionnelle, tendue comme un projectile.

Il ne devait pas se laisser détourner de la pulsion qui s'était réveillée tout à l'heure, qui s'était mise à battre en lui comme un deuxième cœur à la fois puissant et fragile. Puissant parce qu'il décuplait le désir tout en asservissant la totalité des fonctions physiques et psychiques de Moseley à sa seule satisfaction, mais fragile parce qu'il suffisait de presque rien, du passage d'un train, de l'odeur piquante du brouillard, d'une chanson à la radio, pour interrompre sa palpitation profonde. Dans ce cas, le désir semblait se racornir jusqu'à s'éteindre et disparaître. En réalité, il n'était qu'endormi, mais Moseley ne pouvait jamais prévoir quand il allait se manifester à nouveau. Sa seule certitude était qu'il resurgirait plus impérieux que la fois précédente.

Un jour viendrait peut-être où Winston Moseley n'aurait plus d'autre but dans sa vie que d'assouvir ce désir. Il irait jusqu'à se dissoudre en lui comme les cadavres que les autres meurtriers – ceux qui tuent par intérêt, par vengeance, par dépit, par amour, enfin pour tous ces mobiles qui n'ont rien à voir avec le plaisir – mettent à fondre dans la chaux vive.

Il passerait ainsi de la jouissance de donner la mort à la jouissance d'être la mort.

Ce jour-là, il perdrait toute capacité à réfléchir, il ne serait plus que sensation pure, primaire, brutale, allant peut-être jusqu'à oser faire dans une lumière éclatante, et en présence d'une foule stupéfaite, ce que jusqu'à présent il réservait aux lieux solitaires et aux ténèbres.

Il devait être entre une heure trente et deux heures du matin quand Moseley engagea la Corvair dans Sutter Avenue. Il prit la direction de Queens Boulevard et de Yellowstone, quadrillant le secteur en quête d'une voiture conduite par une femme seule.

Une heure plus tard, enfin, il aperçut une petite Fiat rouge avec une silhouette féminine au volant. Il glissa la Corvair dans son sillage sans chercher pour l'instant à en savoir davantage sur la conductrice, espérant seulement qu'elle rentrait chez elle et que son domicile n'était pas trop éloigné de l'endroit où il venait de la repérer. Il avait hâte de passer à l'acte. Il supportait de moins en moins de devoir regagner son logis sans avoir concrétisé ce qu'il projetait. Cette frustration le laissant mal à l'aise plusieurs jours durant.

Par chance pour lui, la traque fut brève : une dizaine de blocks plus loin dans Austin Street, la Fiat rouge ralentit et s'engagea sur l'aire de parking en plein air de la station du Long Island Railroad.

Le temps que la conductrice trouve une place de stationnement, éteigne ses phares, coupe son moteur, descende de sa voiture et la verrouille, Moseley avait déjà abandonné sa Corvair un peu n'importe comment devant un arrêt de bus tout proche, et il s'avançait sur le parking avec, dans la poche droite de son blouson, un couteau de chasse de fabrication allemande, un Silengen & Mazo qu'il avait acheté trois semaines auparavant.

Avocat Sydney G. Sparrow : *En cet instant précis, Winston, alors que vous vous apprêtiez à lui barrer la route, vous aviez décidé de la tuer ?*

Moseley : *Oui.*

Avocat Sparrow : *Pourquoi ? Vous aviez une raison quelconque de la tuer ?*

Moseley : *Non, aucune raison en particulier.*

Avocat Sparrow : *L'aviez-vous déjà vue avant cette nuit-là ?*

Moseley : *Jamais, non.*

Avocat Sparrow : *Saviez-vous si elle avait de l'argent sur elle ?*

Moseley : *Je n'en avais pas la moindre idée.*

Avocat Sparrow : *Mais pour vous, qu'elle ait de l'argent, c'était important ou non ?*

Moseley : *Pas spécialement important, non.*

Avocat Sparrow : *A ce moment-là, Winston, aviez-vous en tête de la violer ?*

Moseley : *A ce moment-là ? Non, pas à ce moment-là, non.*

Kitty Genovese vit Moseley dans la fraction de seconde où elle retirait sa clé de la serrure de la Fiat. Il se trouvait alors à une quinzaine de mètres, il était parfaitement immobile, tous ses muscles tendus à l'extrême. Elle ne prit pas le temps de le dévisager : elle sut tout de suite qu'il représentait un danger, et elle chercha le meilleur moyen d'écarter ce péril.

Depuis le temps qu'elle vivait à New York, depuis surtout qu'elle travaillait à l'*Ev's Eleventh Hour*, Kitty avait acquis un certain nombre de réflexes. En cas d'attaque, avant même que son agresseur ne vienne au contact et qu'elle soit en mesure de lui enfoncer sa clé de voiture dans l'œil ou de lui balancer un coup de genou dans les parties génitales, elle devait le persuader qu'elle n'était pas si seule que ça, que des anges veillaient sur elle, prêts à fondre du haut du ciel pour lui porter secours. Il n'était pas nécessaire que ces anges existent vraiment pour être efficaces, l'essentiel étant que l'assaillant croie que la menace avait brusquement changé de camp, qu'elle était à présent dirigée contre lui. Les anges de Kitty pouvaient être un chien imaginaire supposé gambader quelques mètres en retrait et qu'elle n'avait qu'à siffler en l'affublant d'un nom belliqueux comme Warrior, Rebel ou Tiger, ou bien un flic invisible auquel il lui suffisait d'adresser un signe de la main : « Bonne nuit, *officer*, et encore merci pour votre aide, sans vous je n'aurais jamais réussi à trouver cette adresse ! »

Cette nuit, l'ange serait une borne d'urgence pour appeler la police. Elle se trouvait là tout près, à une trentaine de mètres, juste à l'angle d'Austin Street et de Lefferts Boulevard.

Kitty n'avait besoin que de cinq ou six secondes pour atteindre la borne, moitié moins pour en soulever le petit capot bleu marqué police et enfoncer le bouton. Bien sûr, l'opérateur pouvait ne pas répondre tout de suite, mais elle parlerait sans se soucier qu'il y ait ou non quelqu'un au bout du fil, elle dirait d'une voix forte : « Agression sur Austin et Lefferts, je répète : agression… » Si le type était un drogué qui avait besoin d'argent, et Kitty n'imaginait pas qu'il puisse avoir un autre but, il n'en faudrait pas plus pour le faire détaler – ces pauvres toxicos se laissent facilement déstabiliser.

Elle prit son élan et fonça. Ses souliers frappaient le macadam. Moseley s'élança à sa poursuite. A jeunesse égale (Moseley n'avait qu'un an de plus qu'elle), Kitty développait de plus longues foulées. Elle aurait pu échapper au tueur si sa course n'avait été entravée par l'étroitesse de sa jolie robe d'hôtesse de l'*Ev's Eleventh Hour*.

Elle n'avait pas fait dix mètres que Moseley la rejoignit à hauteur d'une sorte de petite librairie qui vendait aussi des cartes de vœux. Elle poussa un premier cri : « Au secours ! », tout en continuant à courir. Mais Moseley avait son couteau de chasse à longue lame bien assuré dans sa main, et il frappa à deux reprises dans le dos de Kitty.

Le fait que celle-ci ait continué à courir fit que la lame pénétra dans sa chair, mais en ressortit aussitôt – car Kitty était toujours sur sa lancée tandis que le bras de Moseley arrivait en butée – sans avoir atteint d'organe vital.

La jeune fille ressentit comme une brûlure, ce genre de brûlure curieusement froide qu'on éprouve en touchant un métal glacé. Malgré sa volonté farouche de rester debout et d'atteindre la borne d'appel – ce n'était plus qu'une question de deux ou trois secondes –, ses jambes se dérobèrent. Elle ne tomba pas en avant, mais s'affaissa sur elle-même et se retrouva à genoux, inclinée vers le sol dans cette attitude humiliée des suppliciés offrant leur nuque à l'exécuteur.

Cela ne dura qu'un instant : le poids de sa tête, en tirant sur les muscles dorsaux, rendit plus sensibles les deux plaies ouvertes par le couteau. Kitty releva le menton pour soulager la tension. Elle ne vit pas l'homme qui l'avait poignardée – il se tenait alors derrière elle – mais elle discerna son ombre que projetait le faisceau d'un réverbère. Elle constata qu'il avait relevé à la verticale son bras armé du couteau, comme pour se donner de l'élan afin de frapper encore une fois. Elle comprit qu'elle n'avait plus aucune chance d'atteindre la borne d'appel. Même en se traînant sur les genoux. L'ombre au-dessus d'elle ne le permettrait pas.

Pour autant, Kitty n'acceptait pas l'idée qu'il n'y avait plus rien à faire. Elle devait seulement changer de stratégie. Oublier tout système de défense basé sur la fuite. De toute façon, ses jambes ne lui obéissaient plus. Ses orteils étaient devenus froids comme si elle avait marché pieds nus dans la neige, ses genoux lui donnaient l'impression d'être deux boules de coton hydrophile.

Les blessures dans le dos ont ceci d'angoissant qu'on ne les voit pas, qu'on ne peut pas les comprimer avec les mains, et qu'on a donc tendance à les imaginer pires qu'elles ne sont en réalité. La jeune fille ignorait jusqu'à quelle profondeur la lame s'était enfoncée, ce qu'elle avait sectionné, rompu, saccagé en pénétrant dans sa chair. Elle savait seulement que la douleur s'amplifiait, devenait brûlante, occupant une surface de plus en plus grande, mais aussi de plus en plus floue. A présent, et cela ne faisait pas une minute que l'homme l'avait frappée, la souffrance l'irradiait depuis les maxillaires jusqu'aux hanches.

Aussi violente que la douleur, il y avait la stupéfaction. Kitty ne comprenait pas pourquoi cet homme l'avait blessée et s'apprêtait maintenant à l'achever. Pourquoi devait-elle mourir ? En quoi avait-elle mérité ça ? Elle essayait d'obliger son esprit à chercher où, quand, et surtout envers qui, elle s'était montrée mauvaise au point d'encourir cette punition – mais son cerveau était incapable de reculer en deçà de l'instant où elle avait reçu le premier coup de poignard, et il refusait pareillement de lui proposer une quelconque forme d'avenir, toute sa pensée semblait s'être mise en boule pour se concentrer sur le seul instant présent, comme si l'horreur qu'on lui infligeait n'avait jamais eu de commencement et n'aurait jamais de fin. Ne pouvant plus penser, elle ne pouvait plus maîtriser son corps. Mais s'il lui était impossible de bouger, rien ne l'empêchait de crier.

Alors Kitty hurla de nouveau, suppliant qu'on l'aide.

Et pour la première et la dernière fois, une voix lui répondit.

Procureur Frank Cacciatore : *Quels sont vos noms et adresse ?*

Mozer : *Je m'appelle Robert Mozer. J'habite au 82-67 Austin Street, l'immeuble Mowbray House.*

Il y avait quelque chose de touchant dans le soin que mettait le témoin à rechercher le mot juste pour qualifier ce qui l'avait réveillé en ce petit matin du 13 mars alors qu'il était tranquillement endormi. Guila en sa qualité de traductrice de Gorki, et moi plus modestement depuis que j'écris l'histoire de Haskèl et de son ersatz de pomme de terre, étions capables d'apprécier la difficulté du mot juste.

Mozer : *Une voix de fille quelque part dans la nuit disait : « Aidez-moi ! Aidez-moi ! » Mais ce n'était pas un hurlement. Ce n'était pas non plus un cri.*

Procureur Cacciatore : *Il fallait tout de même que ce soit assez puissant pour que vous l'entendiez du fond de votre lit, malgré vos fenêtres fermées et depuis votre septième étage, monsieur Mozer.*

Mozer : *Eh bien, je vous assure, c'était juste quelque chose comme une conversation avec quelqu'un qui répétait : « Aidez-moi, aidez-moi ! »*

Procureur Cacciatore : *Et alors, qu'avez-vous fait ?*

Mozer : *Je me suis levé et j'ai regardé par la fenêtre.*

En voilà au moins un qui n'est pas resté vautré dans son lit, apprécia Guila. Je lui fis remarquer que le pire, justement, c'était ceux qui s'étaient levés et qui avaient regardé au-dehors, sans rien faire.

Procureur Cacciatore : *Qu'avez-vous vu ?*

Mozer : *De l'autre côté de la rue, devant la façade de la librairie, il y avait une fille à genoux, et ce gars-là* (il désignait Moseley) *qui se tenait penché au-dessus d'elle.*

Procureur Cacciatore : *L'endroit dont vous parlez, devant la librairie, c'est-à-dire au numéro 82-64, est-ce qu'il n'y a pas un réverbère à cet endroit ?*

Mozer : *Si. Et là, pile dans la lumière, il y avait ce type penché sur la fille agenouillée. Alors j'ai beuglé.*

Procureur Cacciatore : *Vous avez... quoi ?*
Mozer : *Braillé. Oui, quelque chose comme « Hé ! fichez le camp d'ici ! » ou peut-être « Mais qu'est-ce que vous foutez ? ».*

Moseley, quant à lui, déclara avoir entendu quelqu'un lui crier de *laisser cette fille tranquille.* Il avait alors brièvement levé les yeux vers la haute façade de Mowbray House pour repérer la fenêtre ouverte d'où venait l'injonction – car ce n'était pas la voix du Seigneur qui lui criait d'arrêter, ça non, c'était la voix d'un homme ; mais il n'avait pas cherché à en savoir davantage, il avait entendu ce cri, vu des fenêtres s'allumer, et il se souvenait d'avoir eu très peur.

Mozer : *Il a pris ses jambes à son cou, et il a détalé. Il courait comme un lapin affolé. Vraiment très vite, vous savez. Je ne crois pas avoir jamais vu quelqu'un foncer à cette vitesse !*
Procureur Cacciatore : *Et il est sorti de votre champ de vision ?*
Mozer : *C'est ça. Il a disparu du côté de la station du Long Island Railroad.*
Procureur Cacciatore : *Et la fille ?*
Mozer : *Je ne la quittais pas des yeux, bien sûr. Elle s'est relevée. Elle a regardé autour d'elle, comme ça.* (Il mimait la façon un peu saccadée dont il croyait se souvenir que Kitty avait dirigé son regard dans toutes les directions.) *Et puis elle est partie. A l'extrémité de l'immeuble, là où le type*

avait disparu en courant, il y a un drugstore. La fille a tourné là. Au coin du drugstore. Et je ne l'ai plus revue.

Après les cris et les lumières qui l'avaient mis en fuite, Moseley était retourné à sa voiture. Il s'était alors aperçu qu'il l'avait garée à un emplacement où elle pouvait avoir été remarquée par celui qui venait de lui crier dessus. Sans doute cet homme n'avait-il pas vu son visage, ou, s'il l'avait entrevu, c'était de trop loin et pas assez longtemps pour en mémoriser les traits ; mais il avait pu identifier une Corvair blanche, peut-être même en déchiffrer la plaque, ce qui permettrait à la police de remonter facilement jusqu'à lui.

Moseley décida de déplacer sa voiture dans la 82e Rue où elle serait moins visible.

C'est en manœuvrant la Corvair qu'il vit la fille se relever et tourner l'angle du drugstore. Il devina qu'elle n'irait pas beaucoup plus loin : si les deux coups de couteau qu'il lui avait donnés dans le dos n'avaient pas suffi à la tuer, du moins lui avaient-ils fait perdre beaucoup de sang, un peu comme ces blessures que les picadors infligent au taureau pour l'affaiblir et lui faire baisser la tête. Elle marchait en chancelant, ses mains cherchant l'appui du mur pour ne pas tomber. Malgré la distance et le manque de grâce de sa démarche, il eut l'impression qu'elle était jolie – mais c'était pour lui un détail sans grande importance.

Persuadé de retrouver rapidement sa proie,

Moseley prit le temps de reculer sa voiture sur une distance d'au moins un demi-block. Et pendant qu'il y était, il remplaça le bonnet qu'il portait enfoncé jusqu'aux oreilles par un chapeau qui traînait sur la banquette arrière ; ce serait sans doute suffisant pour modifier son allure générale quand il serait obligé de repasser sous les fenêtres de celui qui lui avait enjoint de *foutre le camp et de laisser cette fille tranquille*. Peut-être d'autres témoins l'avaient-ils vu agresser la jeune femme, c'était même plus que probable car plusieurs lumières s'étaient allumées dans l'immeuble en face, bien qu'un seul locataire ait ouvert sa fenêtre pour lui crier d'arrêter ça.

Moseley se dit qu'il ne risquait pas grand-chose, voire rien du tout, à retourner là-bas pour achever sa victime. Si quelqu'un avait dû descendre pour porter secours à la fille, il l'aurait déjà fait. Des gens étaient sans doute toujours postés derrière leurs fenêtres, mais Moseley était sûr qu'aucun d'eux ne bougerait. D'ailleurs, le type qui avait crié ne s'était peut-être manifesté que parce que son sommeil était perturbé par les appels au secours de la fille. Une fois celle-ci définitivement réduite au silence, tout le monde retournerait se blottir dans la chaleur du lit et reprendrait ses rêves là où cette idiote les avait interrompus par ses piaillements.

Kew Gardens était cette nuit merveilleusement tranquille. L'*Old Bailey's* lui-même, contrairement à sa réputation d'établissement bruyant, était sombre et silencieux, une rixe entre ivrognes ayant conduit la direction à fermer beaucoup plus tôt dans la soirée. S'il était resté ouvert jusqu'à quatre heures du matin comme à l'ordinaire, Kitty s'y serait rapidement réfugiée au lieu d'avoir à contourner son immeuble pour essayer d'atteindre son hall d'entrée.

Procureur Cacciatore : *Miss Picq, quel appartement de Mowbray House occupiez-vous le 13 mars 1964 ?*

Andrée Picq : *Le numéro 403.*

Procureur Cacciatore : *Avec une fenêtre donnant sur Austin Street ?*

Andrée Picq (voix détimbrée, un peu chevrotante) : *Oui, exactement sur la librairie.*

Procureur Cacciatore : *Et vous regardiez par cette fenêtre ?*

Andrée Picq : *Oui.*

Procureur Cacciatore : *Pourquoi ?*

Andrée Picq : *Parce que j'avais entendu crier « Au secours, au secours ! ». Trois fois, on avait crié. Alors je m'étais dépêchée de me lever pour regarder par la fenêtre.*

Procureur Cacciatore : *Et qu'avez-vous vu ?*

Andrée Picq : *J'ai vu une fille gisant par terre, sur le trottoir. Et il y avait un homme au-dessus d'elle qui la battait. Et puis un voisin a crié quelque chose, et le sale type s'est sauvé.*

Procureur Cacciatore : *Et la fille ?*

Andrée Picq : *Oh ! la pauvre petite… elle s'est relevée péniblement, et elle criait, elle continuait d'appeler au secours, elle s'est éloignée lentement, elle a tourné au coin du drugstore, elle est passée derrière…*

Pendant quelques minutes, Kitty put se croire sauvée. Son agresseur s'était enfui, et, malgré les blessures qu'il lui avait infligées, elle était finalement parvenue à se relever. Elle ne souhaitait plus qu'une chose : avoir assez de forces pour atteindre la porte qui, sur l'arrière du petit immeuble, ouvrait sur le couloir et l'escalier donnant accès à l'appartement qu'elle partageait avec Mary Ann. Elle ne réussirait certainement pas à monter cet escalier, mais au moins serait-elle chez elle, enfin presque, derrière une porte close en tout cas, à l'abri de ce démon qui avait surgi des ténèbres pour lui plonger un couteau dans le corps. Sans cette voix dans la nuit qui avait crié à son agresseur de ficher le camp et de la laisser tranquille, le type aurait continué à s'acharner sur elle jusqu'à ce qu'elle meure, il n'y avait aucun doute là-dessus.

Demain, ou le jour d'après si elle était encore trop choquée demain pour sortir de chez elle, Kitty se débrouillerait pour savoir qui était cet homme dont le cri lui avait sauvé la vie. Elle lui apporterait un cadeau pour le remercier, quelques-unes des meilleures bouteilles de la réserve de l'*Ev's Eleventh Hour*. Et elle lui demanderait pourquoi il n'était pas descendu pour l'aider à se relever, pour empêcher son sang de continuer à couler dans son dos et à former une grande flaque sur le trottoir. On était au milieu de la nuit, bien sûr, mais cet homme ne pouvait tout de même pas être retourné se coucher sans s'être assuré d'une façon ou d'une autre qu'elle ne risquait plus rien. La réponse était sans doute qu'il avait dû juger plus efficace d'appeler la police.

Elle tourna son visage vers Mowbray House, elle vit des fenêtres allumées, devina les silhouettes qui se profilaient derrière ces rectangles de lumière. Elle se dit qu'à présent tous les policiers du 112ᵉ District devaient foncer vers Austin Street. Elle tendit l'oreille, cherchant à discerner le couinement des sirènes. Mais elle n'entendait que le bruit de fond de la ville, mat et continu, que rayait par à-coups le son plaintif d'un véhicule d'urgence – mais il ne s'agissait jamais des voitures du 112ᵉ.

Elle eut soudain très froid. L'hémorragie, la douleur. Elle songea qu'il ne servait à rien qu'elle reste là, puisque personne ne venait. Quand les secours arriveraient, il y aurait suffisamment de témoins pour dire qu'ils avaient vu la petite victime se traîner vers l'arrière de l'immeuble Tudor. Et c'est là que les flics et les ambulanciers du Queens General Hospital la trouveraient, assise sur la première marche de son escalier.

Elle s'éloigna en se collant aux murs. Sa façon de marcher ressemblait à celle d'une somnambule un peu désarticulée ou d'une danseuse décomposant lentement une chorégraphie compliquée.

L'idée ne l'effleura pas que l'homme au couteau pouvait vouloir achever ce qu'il avait commencé, et qu'il allait mettre tout en œuvre pour la retrouver avant qu'elle ne soit sous la protection de la police. Pour Kitty, son agresseur avait à présent rejoint les ténèbres d'où il avait surgi. Un instant, elle avait pensé qu'il s'agissait peut-être d'un de ses clients du *Ev's Eleventh* qu'elle aurait rabroué et qui aurait décidé de la punir. Mais pour donner tout son sens au châtiment, il n'aurait pas manqué de se faire reconnaître. Or il n'avait pas dit un mot, il l'avait traitée comme un objet, un oreiller dans lequel on enfonce un couteau pour faire s'évader les plumes, leur rendre leur liberté, leur permettre de redevenir oiseau.

Sauf qu'elle n'était pas un oreiller, mais une fille jeune, fraîche et jolie, qui voulait vivre. Je, soussignée Catherine « Kitty » Genovese, fille de Rachel et Vincent Genovese, suis fermement décidée à ne pas mourir cette nuit, car ce serait terriblement injuste en regard de tout ce que je veux faire encore, et ce serait terriblement stupide eu égard à la présence, deux étages au-dessus, d'une fille que j'aime, et qui m'aime, Mary Ann, qui était ce soir au bowling avec des amis, qui est forcément rentrée à la maison (à cette heure-ci, tous les bowlings de New York sont fermés et Mary Ann n'est pas du genre à traîner dans les rues, surtout qu'il fait un putain de froid), il s'en faut maintenant de très peu, de quelques minutes, même pas : de quelques secondes, pour que j'ouvre la porte du vestibule, d'habitude je grimpe à pied mes deux étages, il m'arrive même de courir comme une dératée pour retrouver plus vite l'odeur douce de Mary Ann, mais cette nuit je n'y arriverai pas, je suis trop faible, pauvre Kitty gelée de groseille, et quelle groseille ! ô Mary Ann mon amour, une groseille fade, poisseuse, qui coule de moi, je suis une source de confiture de sang, je ne tiens pas sur mes jambes, elles foutent le camp, se replient sous moi comme les pattes de la cigogne, le train d'atterrissage de l'avion, je suis le sucre qui fond, le *roller coaster* qui plonge dans le vide, le miel filant entre les trous de la tartine, je suis une révérence, je suis tout ce qui s'affaisse, se dérobe et s'effondre, je vais me casser la gueule, tu ne me verras plus jamais debout, plus rien pour me porter, je suis par terre, ô Mary Ann, je suis par terre, sur le dallage très froid, réveille-toi si tu dors, descends vite, viens tout de suite, je… je ne suis plus toute seule, ma petite chérie, il est revenu, il se penche sur moi, et il…

Procureur Cacciatore : *Qu'avez-vous vu d'autre, miss Picq ?*

Andrée Picq : *J'étais toujours derrière ma fenêtre, plutôt effrayée, et puis j'avais un peu froid. Au bout de quelques minutes, ce type est revenu. Il marchait comme si de rien n'était. Il a d'abord fouiné un peu partout sur le parking, et puis il a regardé à travers la vitrine du drugstore, et ensuite il est allé voir du côté de la gare, et après il est passé derrière l'immeuble. Alors, bien sûr, je n'ai plus rien vu. Mais j'ai entendu encore deux derniers cris : « A l'aide, à l'aide ! »*

Cris restés sans réponse.

Comme l'avait observé miss Picq, Moseley avait en effet d'abord cherché sa proie du côté de la gare du Long Island Railroad. Ne sachant pas que Kitty habitait le petit immeuble Tudor, il lui avait paru logique qu'elle aille s'abriter dans un lieu plein de cachettes possibles – derrière un véhicule, ou carrément dessous, derrière un tas de vieilles traverses ou un distributeur de sodas, ou dans une des grandes poubelles qui attendaient le ramassage.

Mais tout de suite il devina qu'elle n'était pas là. Sinon elle se serait trahie d'une manière ou d'une autre en l'entendant revenir. Il n'y a que les animaux que la terreur fige dans une immobilité et un silence absolus.

D'ailleurs, une trace de sang courait sur le trottoir longeant le drugstore et contournant l'immeuble. Moseley comprit qu'il n'avait qu'à suivre cet étroit ruban rouge (qui, à dire vrai, était déjà en train de virer au noir) pour tomber immanquablement sur sa proie.

La piste sanglante s'arrêtait sur l'arrière de l'immeuble Tudor où deux portes donnaient accès chacune à un vestibule conduisant à un escalier.

Moseley voulut ouvrir la première porte, mais elle était verrouillée. Il fallait sans doute faire partie des locataires pour disposer d'une clé permettant d'entrer. Il se dit que si sa victime habitait cet immeuble et qu'elle avait réussi à y pénétrer et à refermer derrière elle, alors cette petite garce avait probablement sauvé sa vie.

Par chance pour lui, la seconde porte était ouverte. A peine l'eut-il poussée qu'il découvrit la jeune femme vautrée à même le sol, allongée sur le dos en travers d'une sorte de couloir très étroit.

L'odeur du sang, une odeur qui rappelait celle du cuivre, n'avait pas encore eu le temps de dominer les émanations qui flottaient ici comme dans la plupart des lieux fréquentés par la *middle class* américaine – papier kraft un peu chaud, caoutchouc, citronnelle synthétique, pain de mie, ozone, nougat, mélangez en agitant bien, respirez, vous êtes à New York.

Kitty Genovese, elle, respirait mal.

Avocat Sparrow : *Quand elle vous a vu, a-t-elle dit quelque chose ?*

Moseley : *Elle s'est remise à crier.*

Avocat Sparrow : *Et vous, Winston, vous lui avez dit quelque chose ?*

Moseley : *J'ai dû lui dire d'être sage, quelque chose comme ça, je ne me rappelle plus exactement.*

Avocat Sparrow : *Et vous avez tout de suite recommencé à la poignarder ?*

Moseley : *Oui.*

Avocat Sparrow : *Où l'avez-vous frappée ?*

Moseley : *Eh bien, comme elle était sur le dos,*

je lui ai donné des coups de couteau dans la poitrine et à l'estomac.

Avocat Sparrow : *Combien de coups ?*

Moseley : *Je ne me souviens pas. Quatre ou cinq, peut-être.*

Juge Shapiro (rectifiant) : *Neuf d'après le médecin légiste. Les blessures dans le dos n'étaient pas deux, mais quatre. Au total, dix-sept plaies. Sans compter de profondes entailles aux mains…*

Procureur Cacciatore : *Des blessures de défense, Votre Honneur.*

Moseley : *Forcément ! Elle mettait les mains en avant pour esquiver les coups de couteau.*

Avocat Sparrow : *Elle a fini par s'arrêter de crier ?*

Moseley : *Oh oui, quand je lui enfoncé le poignard dans la gorge. Après ça, elle n'a plus crié. Elle n'a plus fait que gémir.*

L'avocat hocha la tête et jeta un rapide coup d'œil en direction du jury comme pour apprécier l'effet de ce que venait de dire son client ; si ce genre de déclaration ne suffisait pas aux jurés pour comprendre que Moseley était fou à lier, et que, selon la Constitution, il n'était donc pas passible de la peine de mort, Sparrow ne demanderait pas mieux qu'à changer de métier.

Juge Shapiro : *Et après, monsieur Moseley ?*

Moseley : *Après, Votre Honneur ?…*

Juge Shapiro : *Oui, monsieur Moseley, après*

qu'elle eut cessé de vous « importuner » de ses cris, qu'avez-vous fait ?

La fonction de juge n'est pas exempte de quelques petites choses auxquelles on ne prend pas garde dans l'exaltation des premières audiences, mais qui peuvent se révéler crispantes par la suite ; comme par exemple de s'obliger, en vertu du minimum de respect dû à l'accusé, à appeler celui-ci *monsieur*. Ni l'accusation ni la défense ne sont soumises à cette règle, elles n'utilisent le *monsieur* que dans un sens ironique et cinglant. Il avait fallu une longue expérience de sa charge à Irwin J. Shapiro pour ne pas laisser voir la répulsion que lui inspirait le fait de dire *monsieur* à Moseley.

Moseley : *Eh bien, j'ai entendu des bruits à l'étage juste au-dessus, oui, des gens que tout ça avait dû réveiller. Une porte palière s'est ouverte, puis refermée, une fois, deux fois, trois fois peut-être. J'ai jeté un œil vers la cage d'escalier, mais je n'ai vu personne. Oh, de toute façon, j'étais bien sûr qu'aucun locataire ne descendrait...*

Sur ce point au moins, Moseley avait raison.

L'un des témoins du meurtre déclara avoir vu un homme se jeter sur Kitty Genovese et la frapper violemment, il confirma avoir entendu celle-ci hurler qu'on était en train de la poignarder, qu'elle allait mourir, mais il avait curieusement semblé à ce témoin qu'il s'agissait d'une simple querelle d'amoureux...

Un autre déclara qu'il avait cru que des jeunes chahutaient entre eux comme ça arrivait si souvent. « A la limite, dit-il, ce raffut aurait pu être celui d'une bande de chats. »

(Il y eut des rires quand quelqu'un dans la salle demanda si c'était une particularité des chats de Kew Gardens d'appeler au secours en précisant qu'on était en train de les poignarder.)

Une femme reconnut que son mari et elle étaient restés à regarder jusqu'au bout derrière leur carreau, et expliqua qu'elle avait interdit à son époux, qui manifestait des velléités d'intervention, de se mêler d'une histoire qui ne le concernait pas.

Une autre femme dit qu'il faisait décidément trop froid cette nuit-là pour mettre le nez dehors.

Un homme précisa qu'il avait allumé sa radio et monté le son pour ne plus entendre les cris de détresse qui venaient de la rue.

Etc., etc.

Juge Shapiro : *Poursuivez, monsieur Moseley.*

Moseley : *Elle avait aussi cessé de gigoter, Votre Honneur. Quand elle ne s'est plus débattue, j'ai soulevé sa jupe et j'ai mis ses sous-vêtements en pièces. J'ai arraché ou déchiqueté (ça, je ne sais plus...) son corsage. Et j'ai découpé son soutien-gorge.*

Moseley indiqua que sa victime portait de petits coussinets destinés à rendre sa poitrine plus avantageuse. L'un de ces coussinets était taché de sang. Moseley l'avait jeté dans un coin.

Kitty avait également un tampon hygiénique, lui aussi imprégné de sang, mais c'était du sang « normal », du sang menstruel. Moseley n'aurait su dire pourquoi, mais ça l'avait contrarié ; reprenant son couteau, il l'avait alors introduit dans le vagin de la jeune femme avec l'intention de l'y enfoncer aussi loin qu'il pourrait – pour la punir d'avoir ses règles, peut-être, parce qu'il aimait plus que tout lécher les femmes, mais évidemment pas quand elles avaient leurs menstrues, il n'était pas attiré par ce genre de pratiques répugnantes.

Le juge ayant fait remarquer que le médecin légiste, le docteur Benenson, n'avait relevé aucune trace de cette mutilation, Moseley avait expliqué que la présence d'un os avait presque tout de suite bloqué la progression de la lame.

Constatant que Kitty ne bougeait pratiquement plus, il avait eu alors envie de la violer.

Il avait ôté un de ses gants (il enfilait toujours des gants quand il partait cambrioler, violer ou tuer) pour pouvoir descendre le zip de sa braguette. Il avait sorti son pénis et s'était allongé sur Kitty.

Procureur Cacciatore : *Elle n'a pas réagi ?*
Moseley : *Oh si, elle a recommencé à gémir.*

Kitty était vivante. A chacune de ses respirations, un peu de mousse du volume et de la couleur d'une rose pompon s'épanouissait, se recroquevillait, puis s'épanouissait à nouveau à l'orifice de la blessure qu'elle avait à la gorge.

C'était une image terrible, pathétique et morbide, donc probablement excitante pour Moseley – mais cela n'avait pas réussi à provoquer une érection suffisante pour qu'il puisse pénétrer sa victime. Ce qui ne l'avait pas empêché d'avoir un orgasme.

Moseley : *C'est seulement après ça que j'ai décidé de rafler tout ce qu'elle avait sur elle. J'ai pris ce qu'elle avait dans ses poches, c'est-à-dire des clés, un tube de pilules, des trucs de maquillage, et son portefeuille où il y avait quarante-neuf dollars.*

Il avait aussi récupéré le coussinet taché de sang qu'il avait d'abord écarté ; ne se rappelant plus s'il l'avait manipulé avant ou après avoir ouvert sa braguette, et donc s'il l'avait touché de sa main nue ou bien de celle qui était gantée, il craignait d'y avoir laissé ses empreintes. Il avait donc prudemment décidé de l'emporter avec lui.

Puis il avait vérifié que personne ne descendait l'escalier dans l'intention de l'intercepter. En fait, ça s'agitait et ça remuait pas mal à l'étage – il entendait des gens qui parlaient, un bébé qui pleurait – mais personne ne s'était montré. Alors il avait enjambé le corps de sa victime et quitté la scène du crime le plus tranquillement du monde.

En sortant, Moseley fut surpris par le froid. Il lui sembla que la température avait encore chuté de plusieurs degrés. Mais peut-être cette sensation était-elle due au contraste entre l'air de la nuit et la chaleur fade qui régnait dans l'étroit couloir, ainsi qu'à la perte – comme par évaporation, pensa-t-il – de toute la tension nerveuse qu'il avait accumulée depuis qu'il avait quitté son domicile.

D'évoquer son foyer lui donna envie de se retrouver au plus vite chez lui, au chaud dans son lit. Il s'obligea néanmoins à contourner l'immeuble par le côté opposé à celui qu'il avait pris quand il était revenu achever et violer Kitty. Il s'arrêta un instant à l'intersection d'Austin Street et de Lefferts Boulevard, s'assurant qu'il n'y avait aucun attroupement ni aucun mouvement de véhicules suspects.

Il vit seulement le camion d'une laiterie dont le préposé déposait une livraison devant un *Delicatessen*.

Le livreur, qui s'appelait Edward Fiesler, vit également Moseley. Ça l'étonna un peu de croiser un homme qui se promenait à pied par une nuit aussi glaciale et à une heure si tardive – ou plutôt si matinale : il était environ trois heures cinquante, il y avait donc trente-cinq minutes que Kitty Genovese avait reçu le premier coup de couteau – mais Fiesler, comme tous les gens qui travaillent la nuit dans les rues de New York, avait l'habitude d'assister à des choses déconcertantes.

Le tueur regagna la 82e Rue où l'attendait sa Corvair. Celle-ci démarra à la première sollicitation, et Moseley l'engagea dans Austin Street. En dépassant le parking du Long Island Railroad, il baissa la vitre côté passager pour jeter les produits de maquillage et la boîte de pilules qu'il avait pris à Kitty, car c'était du plastique ou du verre, en tout cas un de ces matériaux qu'il suffit d'effleurer pour y imprimer ses empreintes. De la même façon, il se débarrassa des clés. Il se sentait parfaitement lucide, maître de lui-même et de la situation. Il garda le coussinet taché de sang jusqu'à Hillside Avenue, où il s'en sépara presque à regret.

Un peu plus loin sur Hillside, comme il freinait à une intersection dont le feu venait de passer au rouge, il remarqua une autre voiture déjà arrêtée. Son conducteur s'était endormi, la tête sur le volant. Sans doute avait-il poussé trop à fond le chauffage de l'habitacle, car de la buée commençait d'envahir les surfaces vitrées de la voiture. Jugeant que ce véhicule immobile à un carrefour risquait de provoquer un accident, Moseley était alors descendu de sa Corvair pour aller tambouriner sur la carrosserie de l'autre voiture afin de réveiller son conducteur. Celui-ci l'avait remercié.

Juge Shapiro : *Vous aviez votre couteau avec vous quand vous vous êtes approché de ce conducteur ?*

Moseley : *Oui, bien sûr.*

Juge Shapiro : *Pourquoi n'avez-vous pas tué cet homme ?*

Moseley : *Et pourquoi j'aurais fait ça, Votre Honneur ? Je n'avais aucune raison particulière de le tuer.*

Juge Shapiro : *Les quarante-neuf dollars que vous aviez pris à Kitty Genovese, vous ne les avez pas jetés ?*

Moseley : *Ç'aurait été plutôt idiot. Est-ce qu'on jette de l'argent ?*

Juge Shapiro : *Je suis pour une fois tout à fait de votre avis, monsieur Moseley. Donc, voilà, vous rentrez chez vous, vous lavez soigneusement votre couteau. Votre femme dort toujours ?*

Moseley : *Elle a un bon sommeil.*

Elle *avait* un bon sommeil. Elle se réveille désormais plusieurs fois par nuit, elle pleure, elle n'allume pas la lumière, à quoi bon, ses larmes sur sa peau noire, à la lueur de la lune, ont une étrange couleur bleutée.

Juge Shapiro : *Avez-vous dit à quelqu'un que vous veniez de tuer une femme ?*

Moseley : *Non, ça ne regardait que moi, personne d'autre.*

Il s'était couché et endormi presque tout de suite, indifférent à la rumeur de la ville qui recommençait à monter dans les aigus, à nouveau dominée par le piaillement criard des sirènes des véhicules d'urgence – quatre heures trente du matin, l'heure de recrudescence des crises cardiaques, l'heure à laquelle on découvre les dégâts que la nuit laisse sur la ville en se retirant comme la mer qui se déleste de ses poissons morts, des coquillages pourrissants, des berlingots flasques où reste un fond de shampooing, des pelures d'oranges en spirales, des moires de gazole, des cageots fracassés.

Kitty Genovese faisait maintenant partie des épaves de la nuit.

Il y avait huit ans que Sophie Farrar, la petite trentaine et un bébé de quelques mois, habitait au 82-70 Austin Street. Elle occupait l'appartement voisin de celui de Kitty et de Mary Ann.

A l'heure de la première attaque, elle avait entendu crier si fort que ça les avait réveillés, son enfant et elle. Ce n'était pas tant l'intensité du cri que son contenu de détresse qui l'avait alarmée, et c'est pourquoi elle s'était levée d'un bond et précipitée à sa fenêtre donnant sur Austin Street. Elle avait regardé au-dehors, essuyant au fur et à mesure la buée que son haleine un peu affadie par le sommeil déposait sur le carreau. Elle n'avait rien aperçu d'inquiétant dans la nuit.

Elle était retournée se coucher, mais n'était pas parvenue à se rendormir. Dans ces cris qu'elle avait entendus, il y avait quelque chose qui la glaçait. Elle avait essayé de se persuader qu'il s'agissait d'une rixe de chats, ces petites créatures ont parfois une façon de se plaindre ou de menacer qui donne froid dans le dos. Et si ça n'était pas des chats, pensa-t-elle, c'était peut-être juste un mauvais rêve.

Mais au bout d'un moment, elle avait de nouveau été tirée du lit. Par un coup de téléphone, cette fois. L'appel venait d'un certain Karl Ross, un autre occupant du Tudor.

C'était lui qui avait ouvert sa porte palière quand Moseley avait retrouvé Kitty dans le couloir d'entrée et s'était remis à la frapper.

En regardant par-dessus la rampe, Karl Ross avait alors vu sa jeune voisine gisant à terre et Moseley, dressé au-dessus d'elle, qui la poignardait avec férocité.

Ross la connaissait bien. Il gérait une boutique de toilettage pour chiens, spécialité de caniches, et il avait vendu à Kitty un chiot dont il continuait à prendre des nouvelles chaque fois qu'il croisait la jeune femme.

Karl Ross ne resta pas apathique, mais on peut se demander pourquoi il employa un protocole d'intervention si compliqué : il commença en effet par réintégrer son appartement dont il verrouilla prudemment la porte, puis il décrocha son téléphone – mais au lieu d'appeler les secours, il composa d'abord le numéro de sa petite amie dans le comté de Nassau. La fille était profondément endormie et mit un temps fou à répondre. Quand elle s'y décida enfin, et après les salamalecs d'usage entre deux amants au milieu de la nuit, Ross lui décrivit ce qu'il venait de voir. Et il lui demanda ce que, d'après elle, il devait faire.

La réponse de la petite amie fut aussi prompte qu'impérative : rien ! il ne devait surtout rien faire du tout, il ne devait se mêler de ça d'aucune façon.

Ross essaya bien de discuter (sans doute éprouvait-il alors l'impression, rassurante pour lui, d'être réellement en train d'agir), mais sa partenaire n'en démordait pas. Elle lui raccrocha quasiment au nez, lui enjoignant d'aller se coucher. Pour sa part, elle espérait pouvoir se rendormir.

Karl Ross se doutait bien que ce qu'il avait vu par-dessus la rampe d'escalier était extrêmement grave, et qu'en dépit des injonctions de sa petite amie du comté de Nassau, il ne pouvait décemment pas ne rien faire du tout. Il réfléchit et aboutit à la conclusion qu'il pouvait tout à la fois suivre les conseils de son amie en n'intervenant pas directement, et faire tout de même évoluer la situation en appelant la voisine de Kitty.

Et c'est ainsi que le téléphone sonna chez Sophie Farrar. Laquelle, après les quelques secondes nécessaires pour comprendre de quoi il retournait, coupa net la communication avec Karl Ross pour appeler la police[1] et réclamer, outre la présence des flics, l'envoi d'une ambulance en priorité absolue.

Comme on lui demandait de s'exprimer posément, de décliner son identité et toutes ces sortes

1. Le 911, numéro d'appel d'urgence des secours aux Etats-Unis, n'existait pas encore. L'affaire Kitty Genovese est une des raisons qui ont poussé à la création de ce numéro qui a sauvé des milliers de vies.

de choses si importantes pour l'administration, Sophie Farrar explosa : que les flics commencent par rappliquer, et, quand ils seraient là, elle leur expliquerait volontiers qui elle était.

Elle avait à présent quelque chose de plus urgent à faire que de perdre du temps au téléphone.

Bien que petite, fine, légère, et en somme du genre libellule d'un soir d'été, et surtout bien que ne sachant pas si l'agresseur n'était pas encore là avec son couteau à la main, Sophie Farrar se rua dans l'escalier pour porter assistance à Kitty.

Ce qu'elle découvrit en arrivant dans le couloir n'était pas beau à voir. Il y avait relativement peu de sang visible (la plus grande partie de l'hémorragie s'était diffusée dans les vêtements à travers lesquels Moseley s'était acharné à frapper, ou bien avait coulé sous le corps de Kitty où elle formait maintenant une grande flaque), mais l'extrême pâleur de la jeune femme, sa respiration presque imperceptible et la position disloquée de son corps suffisaient à indiquer qu'elle était dans un état critique.

Tout ce que Sophie pouvait encore faire pour Kitty, c'était s'agenouiller à côté d'elle, la bercer comme elle berçait son bébé, et lui répéter : « Ça va aller, accroche-toi Kitty, tiens bon, les secours arrivent… »

Les policiers et l'ambulance mirent en effet moins de cinq minutes à répondre à l'appel que leur avait lancé Sophie. Laquelle continua de caresser le visage de sa petite voisine jusqu'à ce qu'on étende celle-ci sur une civière et qu'on l'emporte vers l'ambulance qui partit aussitôt vers l'hôpital.

Alors seulement Sophie Farrar s'autorisa à éclater en sanglots.

Les blessures de Kitty, surtout les dernières qu'elle avait reçues, étaient trop nombreuses, trop profondes, la perte de sang trop importante. Elle mourut avant d'arriver aux urgences.

Dans l'appartement de l'immeuble Tudor, Mary Ann dormait profondément. Elle n'avait rien entendu. Vers quatre heures du matin, des policiers frappèrent à sa porte. Ignorant ce que les deux filles étaient l'une pour l'autre, prenant Mary Ann pour une simple colocataire, ils lui annoncèrent la nouvelle sans prendre vraiment de précautions. Il n'est d'ailleurs pas certain, vu la façon dont était alors jugée l'homosexualité, qu'ils lui auraient manifesté plus de compassion s'ils avaient su le vrai visage de sa relation avec Kitty. De toute façon, ils n'avaient qu'elle sous la main pour procéder à une première identification officielle du corps, et ils n'avaient pas vraiment le temps de la consoler.

Ils la pressèrent de s'habiller, ce qu'elle fit sans discuter, encore incapable de réaliser ce qui s'était passé. Pendant le trajet vers l'hôpital, ils lui dirent ce qu'ils savaient, c'est-à-dire à peu près rien. Mais ils avaient bon espoir d'en apprendre rapidement davantage, car certains occupants des immeubles voisins affirmaient déjà avoir été témoins du meurtre. D'autres policiers restés sur la scène du crime étaient d'ailleurs en train de recueillir les premières dépositions. Lesquelles étaient nombreuses et volubiles : le silence qui avait accompagné le martyre de Kitty Genovese n'était plus de mise ; et bien que le drame se soit déroulé en pleine nuit dans un quartier qui n'était pas particulièrement voué à la vie nocturne, l'enquête allait manifestement crouler sous les témoignages : tout le monde avait vu ou entendu quelque chose, tout le monde avait *maintenant* son mot à dire.

Quand Mary Ann arriva au Queens General Hospital, Kitty était encore dans la salle des urgences où un interne avait prononcé son décès. Elle reposait sous un drap blanc qui remontait sur son visage. L'interne souleva le drap, et Mary Ann n'eut qu'à faire un petit signe de la tête pour confirmer qu'il s'agissait bien de Catherine Susan Genovese dont elle partageait l'appartement.

Elle quitta la salle et se retrouva dans la cour de l'hôpital. Il y avait des bancs, elle s'assit sur l'un d'eux. Il faisait toujours un froid pénétrant, mais elle ne le sentait pas. Elle s'était pourtant vêtue peu chaudement, s'étant contentée d'attraper et d'enfiler ce qui lui tombait sous la main. Elle n'éprouvait rien, ne pensait à rien, elle chutait au ralenti dans un vide infini, parfaitement noir, parfaitement silencieux.

Un flic, un de ceux qui l'avaient amenée ici, qui l'avaient introduite dans ce cauchemar, vint vers elle et lui dit qu'une voiture de police allait maintenant la raccompagner chez elle, mais Mary Ann désigna la façade de l'hôpital et dit : « Merci, mais je l'attends… »

Elle voulait parler de Kitty.

Il y avait au même moment beaucoup de monde sur Austin Street. Des gens habillés à la va-vite, descendus de leurs appartements, attirés comme des papillons de nuit par la lumière des gyrophares, ils allaient et venaient de la même façon heurtée que les phalènes, leurs robes de chambre avaient les même teintes laineuses que les ailes épaisses des paons-de-nuit.

Anthony Corrado expliquait à qui voulait l'entendre que ce n'était pas du tout ce à quoi il avait pensé quand il s'était esclaffé, en voyant pour la première fois Kitty et Mary Ann, qu'on n'allait certainement pas s'ennuyer avec de pareilles demoiselles.

Il y avait aussi dans la foule un père et son fils. Ce dernier affirmait avoir vu son père composer le 0 pour obtenir l'opérateur, et ce dès la première attaque, mais le père avait dû – et c'était tout le temps le même cirque à New York – patienter plusieurs minutes, cinq peut-être, avant que l'opérateur ne le mît en relation avec le dispatcher de la police auquel il avait enfin pu expliquer ce qu'il venait de voir : un type qui s'en prenait à une femme, mais le type avait fichu le camp, et la femme avait disparu elle aussi.

— Si bien qu'à présent tout est fini ? s'était enquis le dispatcher.

— Eh bien… en fait, ça en a tout l'air, oui.

Le dispatcher avait donc qualifié l'incident de « tentative d'agression sans suite » et ne l'avait pas classé parmi les affaires en cours d'évolution. Dossier clos. D'ailleurs, jusqu'à ce que Sophie Farrar appelle les secours, aucun des policiers en patrouille dans le secteur (à l'instant où Moseley retrouvait Kitty affalée dans le vestibule et recommençait à la larder de coups de couteau, certaines de leurs voitures n'étaient qu'à une poignée de secondes de la scène du crime) n'avait été informé qu'il se passait quelque chose à Kew Gardens.

Et voici qu'à présent tous ces gens dans la rue bourdonnaient autour des flics pour être les premiers à donner leur nom, leur numéro d'appartement, leur téléphone. Tellement désireux d'aider la police, d'être utiles à quelque chose.

Vers cinq heures du matin, la Chevrolet du NYPD ramenant Mary Ann de l'hôpital s'engagea sur le parking du Long Island Railroad afin de déposer sa passagère au plus près de l'entrée de son immeuble. Comme Mary Ann descendait de voiture, un des policiers souleva le traditionnel ruban jaune ceinturant la scène du crime, évitant ainsi à la jeune fille de devoir se courber pour passer dessous – elle semblait si prête à se laisser tomber, entraînée par la masse de ses cheveux blonds qu'elle n'avait pas eu le temps de coiffer, que le jeune flic avait pensé que, si elle baissait la tête pour se glisser sous le plastique jaune, elle ne serait peut-être plus capable de la relever avant longtemps.

Sur la 102e Rue, Raoul Clary venait de finir de tondre son carré de pelouse et humait avec bonheur l'odeur de l'herbe fraîchement coupée. La première tonte de l'année. Il allait la célébrer en se concoctant un jus de gazon, cocktail de son invention à base de rhum et d'un mélange de jus d'orange et de curaçao bleu pour donner sa couleur verte au breuvage.

Alors qu'il arrêtait sa tondeuse McCulloch, Clary vit un Noir qui quittait la villa voisine de la sienne – celle d'Everett Bannister – en charriant un imposant téléviseur. Il se dit que l'appareil était sans doute tombé en panne, et que ce type devait être un technicien qui l'emportait pour le réparer dans son atelier. Mais en y réfléchissant mieux, il se souvint d'avoir entendu la télé des Bannister marcher la veille jusque tard dans la nuit – une table ronde avait réuni des criminologues qui avaient évoqué le double meurtre de Janice Wylie et d'Emily Hoffert, se demandant si leur assassin et celui de la petite Genovese, sauvagement mise à mort il y avait de cela six jours, n'étaient pas un seul et même homme. Le *modus operandi* différait quelque peu, mais la barbarie était identique.

Raoul Clary héla le Noir et lui demanda assez sèchement ce qu'il prétendait faire avec ce téléviseur. Courbé en arrière à cause du poids et de l'encombrement de l'appareil, le type répondit qu'il aidait « ces gens » – et il désignait du menton le bungalow des Bannister – à déménager.

— Oh, je vois, dit Clary en se fabriquant un sourire idéal. Plutôt sympa de votre part.

— La solidarité, dit le Noir. Vous savez ce que c'est.

Clary savait surtout que les Bannister n'avaient jamais eu le moindre projet de déménagement.

Tandis que le Noir déposait le téléviseur sur le siège passager de sa voiture (il n'y avait plus de place dans le coffre ni sur la banquette arrière, c'était son troisième cambriolage de la journée et la moisson avait été jusqu'à présent plutôt bonne), Raoul Clary marmonna que sa McCulloch avait besoin d'huile, et il traversa la rue pour aller en emprunter un bidon à des amis.

En fait, il demanda à ceux-ci d'appeler tout de suite la police pour signaler un cambriolage en cours, pendant que lui-même, profitant de ce que le voleur était retourné chez les Bannister, allait l'empêcher de filer en débranchant les cosses de batterie de sa voiture.

Le Noir ne s'attarda pas chez les Bannister, laissant à peine à Clary le temps de soulever le capot de sa voiture et de couper l'allumage.

Il quitta cette fois la villa sans rien emporter. Il avait l'air nerveux et plutôt pressé de déguerpir. Il se glissa derrière son volant et tourna la clé de contact avant même d'avoir fermé sa portière. Il sollicita son démarreur sans résultat. Il n'insista pas, n'essayant même pas de chercher d'où venait la panne. Le regard fureteur qu'il avait eu en quittant la villa était maintenant chargé d'angoisse.

Raoul Clary, qui le surveillait tout en faisant mine de s'occuper de sa tondeuse, le vit quitter son véhicule, prendre ses jambes à son cou et disparaître derrière le pavillon des Bannister.

Clary espéra que ses amis de l'autre côté de la rue avaient réussi à prévenir la police et que celle-ci ne tarderait pas à intervenir ; car à cause du désordre occasionné par les travaux de la Foire Internationale de New York qui allait s'ouvrir dans moins d'un mois, le quartier de Corona et le secteur de Flushing Meadows étaient une véritable aubaine pour un fugitif en quête d'une planque.

Par chance, l'ironie du sort ayant voulu que des témoins réagissent plus vite au vol d'un téléviseur que d'autres témoins, six jours auparavant, au long calvaire et à la mise à mort d'une jeune femme juste sous leurs fenêtres, les flics accoururent aussitôt que prévenus.

Après une brève poursuite, ils appréhendèrent le cambrioleur sur un terrain de sport que les orties, les tessons de bouteilles et les rebuts des chantiers tout proches avaient peu à peu transformé en décharge sauvage. Il était difficile de galoper là-dedans, et les policiers n'eurent aucun mal à précipiter le suspect à terre, à lui écraser le visage sous la semelle d'une ranger et à le menotter.

Lors de son interrogatoire, l'homme arrêté déclara s'appeler Winston Moseley et n'avoir encore jamais eu affaire à la police – vérification faite, c'était vrai. Il expliqua que rembourser le crédit d'une maison, subvenir aux besoins d'une jeune femme de vingt-quatre ans et de deux enfants, élever cinq bergers allemands et posséder deux voitures, tout cela coûtait fort cher. Il avait donc volé du matériel audiovisuel dans l'intention de le revendre à travers la boutique *Radio & TV Repairs* que tenait son père – mais Moseley insista sur le fait que son père ignorait tout de l'origine des appareils dont il lui confiait la vente.

Ce cambriolage sur la 102e Rue n'était pas son coup d'essai. Moseley reconnut avoir commis bien d'autres vols avec effraction. Plus de cinquante, peut-être. Difficile à dire avec exactitude. Il ne s'était d'ailleurs pas contenté de piller des maisons : il aimait aussi agresser les femmes, surtout quand elles étaient tellement terrorisées qu'elles ne se débattaient pas, il les forçait à lui remettre tout l'argent qu'elles avaient sur elles, après quoi il les violait.

Un des policiers qui l'interrogeaient fit alors un rapprochement entre la Corvair blanche regorgeant de butin retrouvée sur la 102e Rue et celle que des témoins de la mort de Kitty disaient avoir vue, la nuit du drame, dans Austin Street puis dans la 82e Rue. A tout hasard, ce flic demanda à Moseley s'il avait quelque chose à voir avec ce meurtre.

Du même ton placide qu'il avait pris l'instant d'avant pour expliquer comment il fourguait à son père des télés et des radios volées, Moseley avoua être l'assassin de Kitty Genovese.

Il ajouta qu'il était également celui d'Annie Mae Johnson et de la petite Barbara Kralik. Par contre, il n'était pour rien dans les meurtres de Janice Wylie et d'Emily Hoffert.

Lorsque les flics du 112e District l'emmenèrent pour le conduire en cellule, Moseley leur demanda de bien vouloir lui jeter quelque chose sur la figure – sa veste, une couverture, un mouchoir, n'importe quoi – pour éviter que son visage ne soit filmé ou photographié.

— Je pense à mon vieux père, expliqua-t-il. Et aussi à ma femme et à mes gosses. Je ne suis pas pressé qu'ils voient ma photo dans les journaux – ce que j'ai fait, ça n'est pas très glorieux…

Au docteur Oscar Diamond qu'on avait chargé d'établir son profil psychiatrique, Winston Moseley déclara qu'il avait toujours su qu'il serait puni s'il était pris – il irait s'asseoir sur la chaise électrique, il n'en doutait pas une seconde, et il se faisait une idée très juste et très précise de ce qu'on pouvait endurer là-dessus. Mais il ne considérait pas pour autant qu'en donnant par trois fois la mort il avait commis quelque chose de plus condamnable que lorsqu'il tuait une mouche qui se risquait à portée de sa tapette.

A ses yeux, Annie Mae, Barbara et Kitty s'étaient montrées de la même imprudence que les mouches : elles étaient passées trop près de lui. Et donc il les avait tuées.

Au soir du 11 juin, après que l'accusation et la défense eurent présenté leurs conclusions, le juge Irwin Shapiro invita les jurés à se retirer pour délibérer.

Guila et moi étions admiratifs de la façon dont ces douze hommes et femmes étaient restés imperturbables pendant les quatre jours qu'avait duré le procès. Ils avaient réussi à ne rien laisser paraître de leurs sentiments alors que certaines descriptions nous avaient mis le cœur au bord des lèvres. Malgré la chaleur, ils avaient, dès la deuxième audience, arboré des chemises et des robes à manches longues pour cacher la chair de poule que leur donnaient certaines descriptions.

Nous ne donnions pas cher de la peau de Moseley. La seule question était de savoir combien de temps il serait confiné dans le couloir de la mort avant d'être sanglé sur la chaise. Une fois qu'il aurait admis que le reste de sa vie allait se passer dans une cage de deux mètres sur deux mètres cinquante dont il ne sortirait que pour être exécuté, il profiterait peut-être de ses premières années de détention, celles qu'il pourrait encore vivre sans avoir l'obsession de compter les jours qui lui restaient, pour écrire un livre. La plupart des condamnés qui n'étaient pas des brutes stupides faisaient ça, ils y gagnaient un peu d'argent pour leur famille, une certaine respectabilité tant à l'intérieur qu'à l'extérieur de la prison, des admirateurs qui les pleuraient sincèrement la nuit de leur exécution – et je voyais déjà la devanture des librairies : la maigre aventure de mon cher Haskèl et de ses fausses pommes de terre ne pèserait pas lourd à côté du best-seller de Winston Moseley.

— Jamais ce putois de Moseley n'aura le talent d'un Caryl Chessman, dit Guila qui venait de terminer *Cellule 2455, Couloir de la Mort*. A moins que tu ne lui proposes d'écrire le foutu bouquin à sa place. Et pourquoi pas ? Des avocats de renom se précipitent bien pour défendre des types comme lui, histoire de soigner leur renommée, alors pourquoi des écrivains n'en feraient-ils pas autant ?

— Je ne suis pas écrivain, je suis seulement en train d'essayer d'aligner assez de mots pour constituer un livre. Sans doute le seul et unique livre de ma vie, comme Betty Grable fut la truite de ma vie.

Je l'avais baptisée ainsi parce qu'elle avait eu, à l'instant où je l'arrachais des eaux de la Gunnison River, une façon d'arquer son corps qui m'avait rappelé la vraie Betty Grable, la star de *Diamond Horseshoe* et de *Dolly Sisters*, posant pour la photo qui avait fait d'elle la mascotte des GI pendant la guerre.

En remontant Betty sur la berge, mon intention était de la libérer de l'hameçon et de la remettre à l'eau. Elle le méritait. L'ardillon n'avait pas abîmé sa bouche, et je pus l'en délivrer facilement. Mais sans doute à cause des efforts qu'elle avait produits durant son long duel avec moi, Betty était épuisée. Je ne sais pas si un cœur de truite peut lâcher comme un cœur humain, mais j'affirme que ma Betty Grable mourut de ce qui avait tout l'air d'être une crise cardiaque. Tandis qu'elle agonisait entre deux eaux, plusieurs de ses congénères – sept ou huit, si j'ai bonne mémoire – décollèrent du fond et montèrent à sa rencontre, lui donnant des coups de museau très doux, presque des petits baisers, pour la guider vers les profondeurs de la rivière. *Des poissons plus compatissants que les hommes*, ç'aurait été un bon titre pour Martin Gansberg.

Tandis que les journalistes se bousculaient pour être les premiers à empoigner un téléphone, on enferma Moseley dans une cellule du sous-sol jusqu'à l'heure du verdict. New York étouffait sous une cloche de lumière humide et glauque – bon, je ne suis pas sûr qu'une lumière puisse être humide, mais je n'aurais aucun complexe à écrire ça dans mon roman de Haskèl, parce qu'il faut écrire comme on est, comme on vit, et qu'un pêcheur a tendance à évaluer les choses selon des critères liés à l'hygrométrie, et qu'une fade odeur de rivière accompagnait ce verdissement de l'air qui annonce l'orage.

La salle se vida. Les gens sortaient, choqués et déçus. Peut-être plus déçus que choqués, quand j'y repense aujourd'hui. Ils étaient frustrés de n'avoir pas entendu le témoignage de Karl Ross, de n'avoir pas compris pourquoi celui-ci avait délégué à la fragile Sophie Farrar le soin de se précipiter au secours de Kitty. Ils auraient aussi voulu entendre l'employé chargé de l'ascenseur de Mowbray (en tant qu'immeuble de luxe, Mowbray bénéficiait en effet vingt-quatre heures sur vingt-quatre du service d'un liftier). Comme il s'ennuyait devant son ascenseur vide en attente d'improbables passagers de nuit, il regardait à travers la baie vitrée du hall donnant sur Austin Street, précisément sur la portion éclairée de la rue où avait eu lieu la première attaque. Il avait donc dû voir ce qui se passait mieux que n'importe qui, alors oui, on aurait aimé l'entendre expliquer pourquoi il n'avait rien fait d'autre que se lever pour gagner la petite pièce où il prenait son repos, s'y allonger et s'y endormir aussitôt, le téléphone muet à côté de son lit.

Ces témoins avaient vu le visage et certains gestes du tueur – Charles Skoller, qui représentait l'accusation au côté de Frank Cacciatore, estimait que le liftier avait sans doute pu voir jusqu'au scintillement de la lame du couteau quand Moseley en avait frappé Kitty. Ils auraient donc dû être une aubaine pour l'accusation. Mais Cacciatore et

Skoller voulaient obtenir une condamnation à mort ; or il en était de Karl Ross et du liftier comme de tous les autres témoins que le ministère public avait préféré ne pas citer : leur apathie et leur lâcheté risquaient de faire reporter sur eux une partie de la répulsion que Cacciatore voulait que les jurés concentrent sur le seul Winston Moseley, afin de déclarer celui-ci un monstre ne méritant pas de vivre parmi les hommes.

Il faisait si chaud que n'importe quel juré un peu sensé devait avoir hâte d'en finir, ce qui semblait aisé tant le ministère public avait accumulé de preuves irréfutables pour faire condamner Moseley ; mais de plus en plus de jurés avaient désormais tendance à se prendre pour les *Douze Hommes en colère* de Sidney Lumet, et eux aussi se mettaient à douter et à couper les cheveux en quatre.

Gansberg nous suggéra pourtant de ne pas trop nous éloigner : les jurés, nous dit-il, étaient conscients que le meurtre de Kitty Genovese était passé du rang de fait divers à celui de syndrome national, et ils allaient avoir à cœur de ne pas décevoir les millions de gens qui attendaient que leur justice fût sévère et rapide à venger la jeune Italo-Américaine qui aimait tant la musique latino, qui dansait si bien sur les airs d'Arsenio Rodríguez ou de Johnny Pacheco qu'elle semblait voler au-dessus des parquets des dancings, du macadam des rues, des enduits goudronnés sur les toits des immeubles, on l'appelait l'*angelo piccolo*, le petit ange, ses deux jambes on aurait dit deux baguettes longues, fines, rythmant la vie sur la peau d'un tambour.

Gansberg nous conseilla d'aller manger quelque chose dans un snack situé quelques blocks plus bas sur le boulevard. Il tâcherait de nous y rejoindre dès qu'il aurait des nouvelles, au pire il nous téléphonerait.

Tout en attendant notre commande (nous avions opté pour le menu *Italian style* en hommage à Kitty et à sa famille, et la serveuse nous dit que nous n'étions pas les seuls : depuis trois mois que le crime avait eu lieu, les cuisiniers avaient dû revoir à la hausse leur approvisionnement en chianti, tagliatelles, gnocchis et parmesan), nous nous demandions comment les témoins qui avaient laissé mourir la petite Genovese allaient passer cette soirée.

Pour ce que nous en savions, ils n'avaient pas fait front commun contre la réprobation générale qui les frappait. Chaque matin, je m'attendais à trouver sous ma porte une invitation à les soutenir à travers une association, un club, une ligue que l'un ou l'autre d'entre eux n'allait évidemment pas manquer de fonder. Mais non, rien de tel, il semblait qu'ils eussent choisi l'échine basse, le silence.

Il n'était pas loin de vingt-deux heures quand le téléphone sonna. Gansberg nous faisait dire que les jurés avaient fini de délibérer. Le verdict était imminent.

La nuit tomba le temps que nous retournions au siège de la Cour suprême. Les gens s'attendant à un sursis à statuer – tout le monde pensait que le jury s'accorderait un week-end de réflexion et ne rendrait son verdict que le lundi – il n'y avait plus que quelques reporters désœuvrés sur les marches du bâtiment, et nous ne fûmes pas plus d'une dizaine à entrer dans la salle du tribunal pour entendre la lecture du verdict. En dépit des efforts de certains tabloïds qui avaient tenté de faire croire à un possible coup de théâtre, la conclusion fut celle que nous attendions tous : Moseley fut déclaré coupable de meurtre au premier degré.

L'audience sur la peine[1] ayant été fixée au lundi, la défense demanda un délai pour pouvoir présenter d'éventuels éléments complémentaires. Le juge Shapiro refusa, expliquant qu'il ne souhaitait qu'une chose : que Moseley fût emmené le plus vite et le plus loin possible du comté de Queens pour être enfermé dans la prison où aurait lieu son exécution.

Il n'était pas minuit quand nous regagnâmes Austin Street. Les immeubles Mowbray et West

1. Dans un cas comme celui-ci, la justice américaine dissocie l'audience où le jury décide de la culpabilité ou de l'innocence de l'accusé, de celle au cours de laquelle est déterminée sa peine.

Virginia dominaient l'avenue de leurs hautes façades sombres, tels des paquebots amarrés à je ne sais quel quai de l'oubli. Aucune lumière, aucun bruit. Seul le petit Tudor, avec la musique joyeuse qui s'échappait du *Old Bailey's* et la luisance chaleureuse et douce des meubles de Tony Corrado derrière leur vitrine, avait l'air d'un yacht de fêtards pas plus pressé que ça de rentrer au port. Deux caniches coiffés à la lion se poursuivaient en jappant sur le parking, et une rame du Long Island Railroad venait de s'arrêter. Personne n'en descendit. Une voiture de police qui filait sur Lefferts Boulevard tourna à gauche pour s'engager dans Austin. Nous étions sous haute surveillance.

Le liftier de nuit nous accueillit avec un large sourire. Il était dans le hall, écoutant sa radio. Une station de musique ininterrompue, comme ça il ne risquait pas d'entendre crépiter les flashs d'info à propos du procès Moseley, ni les allusions à la lâcheté de certains témoins.

Comme il se dirigeait déjà vers l'ascenseur, Guila lui dit que, ce soir, nous préférions nous passer de ses services et monter à pied.

Le lundi 15, une foule énorme se pressa de nouveau sur les marches et dans le hall du building de la Cour suprême du comté de Queens. Ce serait la dernière fois que nous verrions Moseley. Désormais, seuls ses codétenus, ses gardiens, ses avocats et quelques proches autorisés à lui rendre visite pourraient croiser son regard, entendre le son de sa voix, sentir l'odeur de son haleine, de sa sueur.

C'est du moins ce que nous pensions tous.

A l'invite du juge Shapiro, Frank Cacciatore présenta les éléments aggravants que son équipe avait pu rassembler. Il lut les dépositions sous serment de quatre femmes qui décrivaient comment Moseley les avait agressées, violant l'une d'elles.

La défense fit valoir que Moseley était un schizophrène, tel le très malheureux Dr Jekyll il hébergeait un monstre en lui, et c'était bien la preuve qu'il n'avait pas toutes ses facultés. Certes, des psychiatres étaient venus dire à la barre que Moseley distinguait sans confusion le bien du mal – mais ces psychiatres l'avaient examiné durant les heures diurnes, pendant qu'il était le mari aimant, le père dévoué, l'employé modèle que l'on sait.

— Je tiens à dire qu'une peine de prison à perpétuité ne me satisferait pas, conclut Frank Cacciatore. Non plus, j'en suis sûr, qu'elle ne rassurerait les citoyens de cette ville. Car si ce monstre reste en vie, qui nous garantit qu'il ne fera pas de nouveau régner la terreur dans les rues ?

Les jurés se retirèrent. Il ne leur fallut que quelques minutes pour prendre leur décision. La déclaration que leur président fit au nom des onze autres fut brève et laconique :

— Nous, le jury, recommandons la peine de mort.

Alors un tonnerre d'applaudissements et d'acclamations enthousiastes salua ces mots. Les cris étaient si forts que des passants qui remontaient Queens Boulevard se figèrent en regardant vers le bâtiment de la Cour suprême, pensant que des prisonniers s'étaient révoltés, ou bien qu'un accusé avait été tué comme lorsque le gros Jack Ruby avait tiré à bout portant sur Lee Harvey Oswald, l'assassin de Kennedy.

Seul Moseley restait impassible, comme si rien de tout cela ne le concernait. Il avait même l'air de quelqu'un qui s'ennuie.

A force de frapper avec son marteau pour exiger le calme, le juge Shapiro finit par obtenir que tout le monde s'assît. Les vociférations se réduisirent à un bruissement sourd, comme lorsqu'on suit le cours d'une rivière en s'éloignant d'un déversoir.

Le juge attendit que le silence fût absolu pour prononcer la condamnation à mort. Puis il ajouta que, pour sa part, il n'était pas partisan de la peine capitale, car il pensait qu'elle n'avait aucune exemplarité ; mais devant un monstre pareil (et son regard s'était fixé sur Moseley), il n'hésiterait pas une seule seconde à appuyer lui-même sur le bouton envoyant le courant dans les électrodes de la chaise.

Moseley fut incarcéré à la prison de haute sécurité d'Attica, Etat de New York, que la sévérité de son régime faisait comparer à l'enfer d'Alcatraz.

A l'époque où Moseley y fut détenu, les prisonniers d'Attica devaient se contenter d'un seau d'eau en guise de douche hebdomadaire et d'un unique rouleau de papier hygiénique par mois. Les rixes entre détenus étaient fréquentes, en moyenne deux par jour, toujours à l'arme blanche, avec des lames d'autant plus dévastatrices qu'elles étaient la plupart du temps fabriquées de façon artisanale.

Moseley se tint tranquille durant trois ans, le temps que son affaire vienne en appel.

Il avait déjà un motif de satisfaction : lorsque le procès d'Alvin Mitchell, l'« autre » meurtrier présumé de la jeune Barbara Kralik, s'était ouvert devant la Cour, la défense avait cité Moseley à comparaître en comptant bien qu'il renouvellerait ses aveux. Mais aucun témoin ne pouvant être appelé à témoigner contre lui-même, Moseley obtint au préalable la garantie qu'il ne serait d'aucune façon poursuivi pour ce meurtre. Il répéta donc docilement ce qu'il avait raconté lors de son arrestation. Mais certaines de ses déclarations, qui avaient pu satisfaire des policiers recueillant une déposition « à chaud », ne parurent plus aussi convaincantes. Charles E. Skoller[1], alors jeune et brillant procureur, mit en évidence quelques éléments qui faisaient problème : le couteau de boucher que Moseley prétendait avoir utilisé ne pouvait pas avoir laissé les traces que le légiste avait relevées sur les blessures de l'adolescente, la description que donnait Moseley de la maison Kralik n'était pas conforme à la réalité, non plus que le temps qu'il avait fait, selon lui, cette nuit-là ; le point le plus troublant étant que Winston Moseley, qui ne s'en prenait jamais qu'à des femmes seules et isolées, ne se serait certainement pas risqué, comme il le racontait, dans une maison où, d'évidence, résidait toute une famille.

Tiraillés entre deux coupables possibles, les jurés furent incapables de parvenir à un verdict.

Un second procès eut lieu, où Moseley fut de nouveau cité. Cette fois, il admit qu'il avait menti : non, ce n'était pas lui qui avait tué Barbara Kralik.

Pourquoi, ne l'ayant pas commis, Moseley s'était-il chargé de ce crime particulièrement

---

1. Voir son ouvrage passionnant : *Twisted Confessions. The True Story Behind the Kitty Genovese and Barbara Kralik Murder Trials* (Bridgeway Books, 2008).

atroce ? Pour le plaisir (?) d'enrayer la machine judiciaire, comme certains enfants irresponsables tentent (et réussissent parfois) de faire dérailler des trains ? Parce que ce meurtre, dont il avait lu la relation dans les journaux, l'avait fait rêver et qu'il éprouvait une sorte de jouissance à s'imaginer en être l'auteur et à en parler comme tel ? Ou parce que c'était un moyen de se faire passer pour un fou ?

C'est sur cette dernière hypothèse que l'avocat de Moseley fonda son argumentation pour arracher son client à la chaise électrique. Lors du procès en appel, il accusa le juge Irwin Shapiro de n'avoir pas suffisamment pris en compte le fait que Moseley présentait un état mental altéré : il l'avait froidement condamné à mort sans retenir la suspicion de schizophrénie, comme s'il eût été un individu capable de contrôler ses pulsions, ce que de toute évidence il n'était pas.

La stratégie choisie par les défenseurs de Moseley était évidemment la seule possible ; mais elle avait contre elle le rapport accablant du Dr Frank A. Cassino qui rappelait que, la nuit du meurtre de Kitty, Moseley avait été parfaitement capable d'apprécier clairement la situation, d'en envisager toutes les conséquences possibles, et que son comportement n'avait jamais été celui d'un homme en proie à des hallucinations ou à un délire psychique. Le médecin se disait même très impressionné par la façon dont le tueur avait prémédité son acte et l'avait contrôlé de bout en bout.

Comme toujours quand il s'agit d'experts, un autre psychiatre fut d'un avis radicalement opposé. D'après le Dr Emil G. Winkler, Moseley possédait une personnalité éclatée : époux modèle, père accompli, travailleur irréprochable le jour, il se transformait certaines nuits en monstre sanguinaire. C'était le syndrome du loup-garou dans toute sa terrible splendeur, preuve incontestable que le sujet développait une maladie mentale. Contrairement à son confrère Cassino, le Dr Winkler estimait que la capacité de Moseley à pouvoir distinguer le bien du mal était sérieusement émoussée.

Malgré la pression populaire qui ne voulait pas que Moseley échappe à la chaise, la Cour d'appel de l'Etat de New York estima que le premier procès n'avait pas assez pris en considération l'éventuelle aliénation mentale de l'accusé. La façon dont Moseley se disculpait en racontant l'histoire des petites mouches assez stupides pour s'approcher de la tapette qui allait les tuer, n'était pas pour rien dans la conviction de la Cour que le tueur n'avait pas toute sa raison, et qu'une double décharge, de deux mille cinq cents volts d'abord, puis de cinq cents ensuite, ne la lui rendrait pas.

Et puis, ne venait-on pas de condamner *seulement* à la prison à vie Albert De Salvo, l'Etrangleur de Boston, qui avait violé et assassiné treize femmes âgées de dix-neuf à quatre-vingt-cinq ans, soit tout de même dix victimes de plus que Moseley ?

Le meurtrier de Kitty Genovese vit donc sa

peine de mort commuée en détention à perpétuité, assortie d'une peine de sûreté de vingt ans.

A présent qu'il se retrouvait derrière des barreaux qui n'étaient plus ceux du couloir de la mort, Moseley n'avait plus qu'une obsession : recouvrer sa liberté sans attendre 1987, date à laquelle il pourrait la demander à une commission spéciale ; mais se doutant bien que celle-ci la lui refuserait, il pensait plus efficace de se servir lui-même.

Alors il laissa courir un peu de temps. Et un jour, il s'introduisit dans le rectum un objet métallique. Malgré la douleur qu'il s'infligeait, il le fit pénétrer assez profondément pour que la seule possibilité de l'extraire avant qu'il ne provoque une péritonite fût de pratiquer une intervention chirurgicale.

Ce fut en tout cas le diagnostic du médecin de la prison qui préconisa d'enfourner le prisonnier dans une ambulance et de le conduire à l'hôpital le plus proche, celui de Buffalo.

C'était exactement ce qu'avait calculé Moseley.

Une fois dans l'ambulance, il terrassa le gardien qui se tenait à son chevet, le frappant avec une telle violence que du sang lui gicla des yeux. Puis il s'empara d'une matraque, assomma les autres gardes et, après leur avoir dérobé une arme à feu, sauta du véhicule.

Se servant du pistolet pour prendre des otages et s'abriter derrière eux afin de protéger sa fuite, il réussit ainsi à se perdre dans les faubourgs de Buffalo.

Mais il souffrait trop du ventre pour courir longtemps. Le mieux était de trouver une maison inoccupée ou un appartement vide où il pourrait se cacher, échanger son uniforme de prisonnier contre des vêtements civils, et surtout se reposer. S'il cessait de s'agiter, l'objet métallique resterait tranquille lui aussi, et Moseley éviterait ainsi de se déchirer le rectum. Et si malgré tout les choses tournaient mal, il pourrait toujours décrocher le téléphone, se faire passer pour l'occupant légitime de la maison ou du flat, et appeler un médecin qui, sous la menace d'une arme, n'aurait d'autre alternative que de le soigner.

Dans un immeuble de Buffalo, il dénicha presque tout de suite un cinq-pièces inhabité où il n'eut aucun mal à s'introduire. La penderie était pleine de vêtements d'homme qui lui allaient à peu près, et le réfrigérateur contenait un stock de nourriture suffisant pour tenir quinze jours s'il le fallait. Il y avait de la moquette partout, les deux téléviseurs étaient en couleurs, Elizabeth et les enfants auraient adoré habiter cet endroit, surtout qu'il y avait largement assez d'espace tout autour de l'immeuble pour faire aussi le bonheur des cinq bergers allemands – s'ils étaient toujours cinq, songea Moseley avec une soudaine boule de tristesse dans la gorge, car ça faisait maintenant quelques années qu'il les avait quittés ; il ne doutait pas de la capacité d'Elizabeth à s'occuper d'eux, mais ces chiens-là ne vivent jamais très longtemps, or ils avaient déjà sept ou huit ans quand on l'avait arrêté.

Moseley s'allongea sur un des lits. Tout à l'heure il s'offrirait un festin avec tout ce qu'il y avait dans le réfrigérateur, ensuite il prendrait un délicieux bain chaud. S'il n'avait pas eu si mal au ventre, il se serait senti parfaitement heureux.

Se méfier de ces immeubles dortoirs dont les occupants, une fois rentrés de leur travail, n'ont rien d'autre à faire que regarder l'écran de la télévision ou la fenêtre d'en face pour y guetter l'apparition d'une voisine en peignoir.

C'est ainsi qu'un locataire vit une silhouette se profiler à plusieurs reprises derrière les vitres d'un appartement dont il savait l'occupant en voyage d'affaires à Seattle jusqu'au début de la semaine suivante. Bien sûr, ce dernier avait pu rentrer plus tôt que prévu – sauf que la silhouette qui allait et venait était celle d'un homme de petite taille et apparemment de race noire, ce qui ne correspondait pas à l'aspect physique du propriétaire de l'appartement.

Intrigué, le locataire téléphona aux Snodgrass qui habitaient le block voisin. Ils étaient des amis du propriétaire qui leur laissait toujours un double de ses clés quand il devait s'absenter.

Marvin Snodgrass et sa femme Aileen décidèrent de venir se rendre compte par eux-mêmes. Ils ne jugèrent pas utile d'avertir la police. Ils n'étaient d'ailleurs pas inquiets : un visiteur réellement mal intentionné aurait évité de se faire voir de façon aussi ostensible. Il devait plutôt s'agir d'un proche auquel leur ami avait prêté son appartement sans songer à en prévenir les Snodgrass ; ou bien c'était un gosse qui s'était débrouillé pour entrer (cette partie de la ville pullulait de gamins très doués pour forcer les serrures) et qui farfouillait en quête d'alcool, de drogue ou de revues porno.

Quand Marvin Snodgrass pénétra dans l'appartement, il sentit une atmosphère qui n'était pas celle qu'il connaissait. Une atmosphère indéfinissable mais qui le mit tout de suite mal à l'aise. Et il sut qu'il n'aurait pas dû laisser Aileen l'accompagner. Il se retourna vers elle pour lui dire de ne pas rester là, mais il était déjà trop tard : Moseley sortait d'une chambre, la main gauche plaquée sur son abdomen douloureux, la droite tenant une arme braquée sur le couple.

Alors le cauchemar commença. Il allait durer quarante-huit heures.

Moseley frappa Snodgrass en cherchant à lui faire vraiment mal. Celui-ci devait comprendre qui était le maître ici, et faire en sorte que sa femme le comprît elle aussi.

Or Aileen comprenait d'autant mieux que le visage de l'homme ne lui était pas inconnu. Elle ne s'expliquait pas pourquoi ni comment il se trouvait là alors qu'il aurait dû croupir dans la prison où on l'avait bouclé théoriquement jusqu'à sa mort, mais elle était sûre que c'était Winston Moseley qui était en train de cogner sauvagement sur Marvin avec la crosse de son arme.

Comme des millions d'Américains, Aileen avait été bouleversée par la façon dont était morte la petite Genovese, par l'apathie inqualifiable des témoins de son calvaire, et surtout par la cruauté du monstre qui l'avait torturée à mort pendant plus de trente minutes. Car si tous les braves gens restés tranquillement chez eux sans rien faire pour aider la victime étaient à blâmer, il ne fallait pas que leur conduite fasse oublier celle de l'assassin qui avait savouré chacune des blessures qu'il infligeait à Kitty, et pour qui chaque sanglot de la jeune femme avait dû être une musique délicieuse. « Si je tenais ce salaud en face de moi, disait alors Aileen, je serais capable de le déchiqueter avec mes ongles, et je ferais en sorte que ça dure des heures. »

Eh bien, elle l'avait à présent en face d'elle ; sauf que c'était lui qui allait tenter de la faire mourir avec ce mélange de raffinement, de férocité, de lenteur, qui était sa marque. Et quand elle serait morte, il en ferait son objet de plaisir.

Car Moseley était un nécrophile. Les psychiatres avaient fini par s'en convaincre, et il ne s'était pas offusqué quand on lui en avait fait part, il avait même souri comme s'il était satisfait d'être enfin reconnu pour ce qu'il était. Il allait désormais pouvoir en parler ouvertement avec des médecins qui ne demanderaient pas mieux que de l'écouter. Il n'aurait plus aucune raison de se censurer, d'édulcorer son langage – on apprécierait au contraire qu'il donne un maximum de détails concrets, qu'il décrive avec précision ce qui provoquait ses érections.

Mais tout nécrophile qu'il fût, Winston Moseley ne dédaignait pas, quand l'occasion s'en présentait, contraindre et souiller des chairs vives.

Alors, malgré la souffrance lancinante et profonde que lui occasionnait le corps métallique niché en lui, Moseley, à plusieurs reprises, viola Aileen Snodgrass sous les yeux de son mari. La première fois, elle hurla. Ensuite, elle n'eut plus la force que de gémir.

Pendant ce temps, la police recherchait fébrilement Moseley. Mais cette fébrilité fut bien cachée, rentrée, masquée – car on savait le tueur à Buffalo, et il fallait à tout prix qu'il y reste, comme un abcès qu'on fixe pour mieux le percer.

L'homme qui avait prévenu les Snodgrass d'une présence anormale dans l'appartement en face de chez lui n'avait pas cherché à en apprendre davantage. Il avait fait ce qu'il fallait, la suite ne le regardait pas. D'ailleurs, plus aucune silhouette n'était apparue derrière les fenêtres, tout semblait rentré dans l'ordre. Le FBI ne sut donc pas tout de suite que le couple Snodgrass avait été pris en otage, violenté et séquestré par Moseley.

Les fédéraux flairaient toutes les planques connues de la ville avec la même minutie discrète que je mets à progresser de caillou immergé en caillou immergé pour essayer de retrouver le poisson qui a réussi à cisailler contre un rocher la soie qui le retenait captif. Nous avons à peu près la même pratique, le FBI et moi (je m'étonne d'ailleurs qu'il n'y ait pas plus de pêcheurs à la mouche parmi ses retraités), attentifs à ne surtout pas ébranler le terrain, à ne pas troubler l'eau, à ne rien faire qui risque d'alerter la bête tapie, immobile. C'est à celle-ci de se trahir par des détails minuscules : un infime nuage de gravillons, une virgule de sable, une légère turbidité due à un mouvement des nageoires, à une fuite de poissonnets qui ont repéré le prédateur.

Grâce à quoi le FBI finit-il par localiser Moseley ? A l'odeur de terreur qu'exhalait par tous les pores de sa peau Aileen Snodgrass, meurtrie, nue et souillée ? A l'odeur du sang qui coulait des blessures de Marvin Snodgrass ? Les fédéraux restèrent discrets sur ce point ; ils savent se faire mousser, mais ils savent aussi taire jalousement les petits secrets qui leur permettent de réussir de belles captures – encore un point qui les rapproche des pêcheurs…

Toujours est-il qu'un jeune agent spécial, Neil Welch, dont ce coup d'éclat allait faire une des stars du FBI new-yorkais, parvint à entrer dans l'appartement.

— Un pas de plus et je te brûle ! hurla Moseley.

— Je viens pour parler, dit posément Welch.

Pendant une interminable demi-heure, Welch et Moseley se défièrent, chacun braquant son arme sur l'autre, chacun vaguement protégé derrière une encoignure, les Snodgrass allongés entre eux deux sur la moquette qui s'imbibait du sang de Marvin et des larmes d'Aileen.

Les arguments de Neil Welch pour convaincre Moseley de se rendre n'étaient guère plus convaincants que ceux de Moseley pour persuader Welch de le laisser partir avec ses otages dans une voiture que la police lui fournirait avec le plein d'essence et une garantie de non-poursuite. A vrai dire, les deux hommes étaient aussi peu crédibles l'un que l'autre. Mais Moseley avait beaucoup perdu de sa combativité à force d'abuser d'Aileen Snodgrass, et aussi parce qu'il avait un truc en métal qui voyageait dans son côlon gauche – c'est en tout cas l'emplacement où le chirurgien le retrouva, quelques heures plus tard.

Moseley accepta finalement de faire glisser son arme jusqu'aux pieds de Neil Welch et de s'avancer vers lui les mains en l'air.

Il ne risquait pas grand-chose à se rendre, le verdict de mort déjà prononcé contre lui, et surtout la reconnaissance par la justice de son état d'aliénation mentale, le mettant à l'abri d'autres condamnations.

Il n'a d'ailleurs toujours pas été déféré devant un tribunal pour le meurtre d'Annie Mae Johnson.

Quarante ans après ces événements, le 11 mars 2008, Winston Moseley, qui avait profité de sa détention pour obtenir quelques diplômes universitaires, comparut devant la commission chargée d'étudier les demandes de mise en liberté conditionnelle. Un des membres de cette commission lui rappela ce qui s'était passé à Buffalo et lui demanda s'il reconnaissait que ce crime avait été particulièrement abominable.

— Eh bien, répondit tranquillement Moseley, il est clair que c'est là votre point de vue. Mais moi, à ce moment-là, je ne voyais pas du tout les choses comme ça. D'ailleurs, personne n'a été tué dans cette histoire.

C'était la treizième fois qu'il se présentait à la commission dans l'espoir d'être remis en liberté. Il avait fini par admettre que ce qu'il avait fait subir à Kitty pouvait avoir *présenté des inconvénients* (!) pour les membres de la famille Genovese ; mais il lui semblait aussi que cette tragique affaire avait eu le mérite d'éclairer la société en l'incitant à se porter au secours de ses membres en détresse ou en danger…

Une fois de plus, sa demande fut rejetée. Mais il la représentera dans quelques années, dès que la loi l'y autorisera. « Je ne suis plus le même homme qu'il y a quarante-quatre ans, dit-il, non, plus du tout le même… »

Ne peut-il se satisfaire simplement d'être en vie ? Bien que classée haute sécurité, la prison de Great Meadow où il se trouve n'est pas un lieu intolérable, surtout pour un détenu vieillissant – il a soixante-douze ans, tout de même ! Moi, j'en aurai bientôt cent. Ce qui n'a rien d'extraordinaire à notre époque, et je ne m'en plains ni ne m'en réjouis. Tant que Guila est près de moi, tout est bien. Je sacrifie à quelques rituels médicamenteux assez simples, et je me réveille ainsi chaque matin avec l'espoir de vivre une journée de plus. J'ai appris des fourmilions, des libellules et des grandes éphémères qui habitent les nuages de poudre d'or dont le soleil de mai parsème les rivières, à me satisfaire de peu, essentiellement de lumière et d'eau.

Il me reste tout de même un souhait que j'aurais voulu voir exaucé, mais je crains que ce ne soit impossible.

Je sais qu'au cimetière de Lakeview, à New Canaan, émergeant à peine de l'herbe et des feuilles de chêne que le vent y fait tomber, se trouve une simple dalle sur le sol où l'on a sobrement gravé :

CATHERINE SUSAN GENOVESE 1935 – 1964

J'aurais voulu me rendre sur cette tombe. Et Guila aurait apporté des fleurs. Mais la famille Genovese (Vincent et Rachel, les parents de Kitty, reposent maintenant tout près d'elle) a obtenu que la sépulture de leur fille soit déclarée d'accès privé. Oh, bien sûr, il ne sont pas gens à avoir fait poser des chaînes, des grilles ou des barbelés autour de la tombe ; mais aucun plan n'indique où a été ensevelie Kitty, et le personnel du Lakeview Cemetery a pour consigne de s'abstenir, courtoisement mais fermement, d'en indiquer l'emplacement aux visiteurs.

Or malgré la sérénité que j'ai affichée il y a un instant à propos de mon âge, je crains d'être à présent trop vieux pour explorer le cimetière jusqu'à ce que le hasard me fasse buter sur la tombe de Kitty – Lakeview est immense, il comporte environ dix mille sépultures.

Sommes-nous, Guila et moi, curieux jusqu'à l'impudence, jusqu'à l'irrespect ? Je ne le crois pas, non, en toute honnêteté. Mais Kitty Genovese fut notre petite voisine, comme elle fut la petite voisine d'une quantité de gens sur Austin Street, et elle est devenue la petite voisine emblématique de millions d'Américains.

Nous la connaissions à peine, Guila peut-être

un peu mieux que moi, parce que les femmes n'ont pas de complexes à entrer en papotages, tandis que moi qui avais déjà le demi-siècle bien tassé quand la petite a emménagé dans ce joli immeuble façon Tudor, je me retenais d'aborder les trop jeunes femmes, dans ce quartier comme un village on aurait eu vite fait de me traiter de vieil homme dégoûtant, et de l'accuser, elle, de se comporter en allumeuse ; mais elle n'a cessé de nous hanter – « alors que c'est nous qui sommes sur le point de devenir des fantômes », dit plaisamment Guila.

Il nous a manqué d'avoir été là pour l'aider quand elle a eu si peur, si froid, si mal. Et c'est cela que nous aurions voulu lui expliquer. Qu'elle ne nous confonde pas avec les autres.

Encore que, comme le dit parfois Guila pour me taquiner : « Es-tu si sûr que tu serais descendu, toi, Nathan ? »

Épilogue

Le meurtre de Kitty eut sur la société américaine l'effet d'un électrochoc. La passivité des témoins de sa mort devint rapidement un cas d'école qui entra dans les annales de la psychologie sous le nom de *syndrome Kitty Genovese.*

Pour le professeur Stanley Milgram, l'un des plus importants psychosociologues du XXe siècle, *cette affaire touche à quelque chose d'essentiel de notre condition humaine. Si nous avons besoin d'assistance, ceux qui nous entourent vont-ils rester à ne rien faire en nous regardant disparaître, ou bien vont-ils voler à notre secours ? Ces autres créatures sont-elles là pour nous aider à sauver nos vies et nos biens, ou ne sommes-nous les uns pour les autres que des particules de poussière flottant dans le vide ?*

A l'exemple de ce que le même Stanley Milgram, quatre ans auparavant, avait expérimenté concernant les individus qui n'hésitent pas à obéir à des ordres absurdes ou cruels dès lors que ceux-ci leur sont donnés par une personne dont ils estiment l'autorité légitime[1], les psychologues Bibb Latané de l'Université de Columbia et John Darley de l'Université de New York conduisirent des expériences sur le syndrome Kitty Genovese ou *bystander*[2] *effect*.

Une de leurs expériences consista à isoler un sujet (appelons-le A) dans une pièce en lui disant qu'il pouvait communiquer avec d'autres personnes grâce à un interphone – ces autres personnes n'étant en fait que des voix enregistrées sur bande magnétique.

Pendant que A écoutait les propos qu'échangeaient ces soi-disant personnes, l'une de celles-ci (disons B) prétendait brusquement être victime d'un malaise grave et suppliait qu'on lui vienne rapidement en aide. Elle allait mourir, disait-elle.

Le test démontra que plus A croyait qu'il y avait d'autres personnes à entendre comme lui la demande d'assistance de B, et plus il mettait de temps avant d'alerter le médecin, pourtant instantanément joignable, qui dirigeait l'expérience.

Ainsi, lorsque deux sujets seulement (A et C) recevaient l'appel au secours de B, A et C intervenaient dans 85 % des cas ; dans les 15 % res-

---

1. Voir de Stanley Milgram, *La Soumission à l'autorité* (Calmann-Lévy, 1994), ainsi que le film *I comme Icare* d'Henri Verneuil (1979).

2. On peut définir le *bystander* comme une personne qui assiste à un événement sans s'y impliquer.

tants, ils ne faisaient rien du tout, sous prétexte qu'ils croyaient que l'autre participant allait réagir.

Si les sujets de l'expérience étaient trois à recevoir l'appel angoissé de B, alors ils n'agissaient plus que dans 62 % des cas.

Si les sujets étaient six, ils ne secouraient B que dans 31 % des cas.

Et dans certains cas, *aucun* des sujets testés n'avertissait le médecin que B se trouvait mal et attendait du secours, chacun comptant sur les autres pour donner l'alerte.

Latané et Darley en conclurent que *quand un seul témoin est présent dans une situation d'urgence, il porte la responsabilité de devoir l'assumer ; mais si d'autres sont présents, la charge de la responsabilité se diffuse*.

Cette diffusion de la responsabilité explique comment Winston Moseley a pu, pendant trente-cinq minutes, supplicier et tuer Kitty Genovese au su et au vu d'un tas de bons citoyens.

Mais expliquer n'est pas excuser.

Aujourd'hui, il est avéré que le meurtre de Kitty Genovese n'eut pas trente-huit témoins *visuels*.

Il suffit en effet d'étudier un plan des lieux pour constater qu'il était impossible aux témoins de l'immeuble Mowbray de voir ce qui se passait sur l'arrière du Tudor – et *a fortiori* dans le vestibule intérieur où s'était réfugiée Kitty après la première attaque, et où Moseley revint pour l'achever.

En revanche, il est certain – les pièces du procès en font foi – qu'un nombre important de résidents du Mowbray, du West Virginia et du Tudor, soit une douzaine de personnes, ont bien été des témoins *visuels* (et bien sûr auditifs) de la première attaque.

De même, il ressort que *tous les témoins* interrogés par les officiers de police, témoins dont les dépositions ont été corroborées dix jours plus tard par le reportage du *New York Times*, avaient *au moins entendu* les cris de détresse de Kitty Genovese. Et la plupart avaient, sans conteste possible, identifié ces cris comme des appels au secours. Certains affirmant même que Kitty avait précisé : « Il m'a poignardée... il me tue... aidez-moi... je vais mourir... »

Ni la rigueur de l'enquête policière, ni le sérieux du travail de Martin Gansberg ne peuvent être mis en doute. Ce dernier obtint d'ailleurs pour son article le Trophée d'Excellence de la très pointilleuse *Newspaper Reporters Association of New York* et la mention de Meilleur Article d'information de l'année décernée par *The Silurians*, autre exigeante association de journalistes.

Le procureur Charles Skoller n'a cessé de le répéter : si les voisins de Kitty n'ont pas été trente-huit à avoir *vu* le meurtre, ils ont été probablement *plus de trente-huit* à avoir *entendu* les cris de Kitty ; et n'importe qui entendant ces cris comprenait forcément qu'un crime particulièrement odieux était en train de se dérouler.

Mais la non-assistance à personne en danger n'est pas un délit au regard de la juridiction américaine.

Tandis que William, un des frères de Kitty, partait faire la guerre au Viêtnam – le 13 mars 1967, trois ans jour pour jour après la mort de Kitty, il sauta sur une mine et on dut l'amputer des deux jambes ; il n'a jamais cessé de penser que le sort de sa sœur avait été pire que le sien –, la plupart des fameux témoins déménagèrent les uns après les autres. Discrètement. Certains évitant soigneusement, par la suite, la moindre allusion à l'époque où ils avaient habité Austin Street.

Après avoir été montré du doigt comme le nid emblématique de l'égocentrisme et du sans-cœur des habitants des grandes villes en général et de New York en particulier, comme la patrie des « mauvais Samaritains », Kew Gardens est aujourd'hui redevenu un endroit charmant et paisible.

Pour tout un secteur comprenant non seulement Kew Gardens mais aussi Richmond Hill, Woodhaven et le nord d'Ozone Park, on n'a recensé qu'un seul crime pour l'année 2007. Et les autres délits sont eux aussi en régression.

On peut vivre heureux à Kew Gardens. C'était d'ailleurs tout ce que demandait Kitty Genovese.

Kitty n'était pas la première victime du silence assourdissant des témoins, de l'étrange paralysie qui s'empare d'eux. Elle ne fut pas non plus la dernière. Le syndrome Kitty Genovese continue de frapper.

Le 23 août 2008, au milieu de la nuit, et par coïncidence de nouveau dans le Queens, à moins de vingt minutes de la rue où vivait et où mourut Kitty, Ebony Garcia, une jeune femme de vingt et un ans, déjà maman d'une petite fille, fut elle aussi poignardée à mort. Comme Kitty, elle sortait d'un bar. Son meurtrier lui infligea une douzaine de coups de couteau, au cou et au visage. D'après des témoins, pendant une interminable demi-heure Ebony hurla qu'on l'avait poignardée et supplia qu'on vienne l'aider. « Bien sûr que je l'ai entendue crier, expliqua une femme pour justifier sa non-intervention, mais dans mon idée, c'était parce qu'elle était saoule. » Quelqu'un se décida enfin à composer le 911. Quand la police arriva, Ebony gisait dans une mare de sang. Elle mourut à l'hôpital deux heures plus tard, des suites de cette hémorragie qui aurait pu être enrayée si la jeune femme avait été secourue à temps.

« Le monde est un endroit redoutable, disait Albert Einstein. Non pas tant à cause de ceux qui font le mal, qu'à cause de ceux qui voient ce mal et ne font rien pour l'empêcher. »

Chaufour-La Roche
2006-2008

Du même auteur :

Romans

MADAME SEYERLING, Seuil, 2002.
LOUISE, Seuil, 1998.
LA ROUTE DE L'AÉROPORT, Fayard, 1997.
LA PROMENEUSE D'OISEAUX, Seuil, 1996.
DOCILE, Seuil, 1994.
LA FEMME DE CHAMBRE DU TITANIC, Seuil, 1991.
MEURTRE À L'ANGLAISE, Mercure de France, 1988.
LES TROIS VIES DE BABE OZOUF, Seuil, 1983.
L'ENFANT DE LA MER DE CHINE, Seuil, 1981.
JOHN L'ENFER, Seuil, 1977, *prix Goncourt.*
ABRAHAM DE BROOKLYN, Seuil, 1972, *prix des Libraires.*

Récits, essais

DICTIONNAIRE AMOUREUX DE LA BIBLE, Plon, 2009.
LES SENTINELLES DE LUMIÈRE, Desclée de Brouwer, 2009.

HENRI OU HENRY, prix littéraire du festival du film de Deauville, Stock, 2006.
AVEC VUE SUR LA MER, Nil Editions, 2005, *prix littéraire du Cotentin, prix Henri Queffélec.*
JÉSUS, LE DIEU QUI RIAIT, Stock / Fayard, 1999.
LEWIS ET ALICE, Robert Laffont, 1992.
ELISABETH CATEZ OU L'OBSESSION DE DIEU, Balland, 1991 ; Le Cerf, 2003.
LA SAINTE VIERGE A LES YEUX BLEUS, Seuil, 1984.
IL FAIT DIEU, Julliard, 1975 ; Fayard, 1997.

Composition réalisée par PCA

Achevé d'imprimer en avril 2010, en France sur Presse Offset par
Maury-Imprimeur - 45330 Malesherbes
N° d'imprimeur : 154930
Dépôt légal 1re publication : mai 2010
LIBRAIRIE GÉNÉRALE FRANÇAISE - 31, rue de Fleurus - 75278 Paris Cedex 06

31/2994/7